文春文庫

朝比奈凜之助捕物曆

千野隆司

文藝春秋

目次

朝比奈凜之助捕物暦

前章　盗賊二人組

一

　十一月中旬、日が落ちると町を吹き抜ける風は身を切るように冷たい。枯れ落ち葉が、霜の立ち始めた道を転がった。道行く人は、皆足早になっている。灯《とも》っていた商家の明かりが、一つ二つと消えて行った。

　軒下の提灯《ちょうちん》が明るいのは、酒を飲ませる店ばかりだ。

　その暗い道を、背中に荷を背負った男が小走りでやって来て、本郷竹町《ほんごうたけちょう》の町木戸を潜《くぐ》った。背中の荷が、躍っていた。

　小間物の振り売りをする米助《よねすけ》は、商いで神田《かんだ》川《がわ》の向こうまで行ってしまった。少しでもたくさん売りたかったからだが、その分遅くなってしまった。

「稲吉《いねきち》のやつは、首を長くして待っているだろう」

米助は呟《つぶや》いた。父子《おやこ》二人、裏長屋住まいで食べるだけの暮らしだ。もう少し何とかしたい気持ちがあって、つい遠回りをして遅くなってしまうことが度々あった。今日も暮れ六つ（午後六時頃）の鐘を聞いて、慌てて引き返してきたのである。

長屋の傾きかけた木戸門を潜る。それぞれの住まいの腰高障子《こしだかしょうじ》には明かりが灯っているが、稲吉が待っている部屋には、明かりが灯っていなかった。

慌てて戸を開けた。

しんとしている。いつもならば、稲吉が飛び出してくる。七輪に火をつけ、湯など沸かしているはずだった。

米助は暗がりに目を凝らした。人の気配はあった。

「おおっ」

暗い部屋に蹲《うずくま》っていたのは、六歳の小さな体の子どもだった。動かないのは、眠っているからか。しかしこれは珍しい。何事かと胸が騒いだ。

背中の荷を下ろすのももどかしく、傍らに寄った。

この数日来、江戸では悪い風邪が流行《はや》っていた。町を廻っていても、家の者が罹《かか》ったという話は、よく耳にした。稲吉も朝から微熱があり、咳をしていた。けれどもここまで悪くはなかった。笑顔で見送った。

体を揺すると、目を覚ました。

「ああ、ちゃん」

顔を見て、ほっとした様子を見せた。誰なのかは、すぐに分かったようだ。

手に触れて仰天した。額に額をつけて体温を測った。伝わってくる熱は、尋常では考えられないものだ。

怯《おび》えが全身を駆け抜けた。このままでは死んでしまう。

「大丈夫だ。医者にかけてやるぞ」

抱きしめて声をかけたが、懐には銭がない。

今日の稼ぎは悪くて、いつもは行かない遠くまで足を延ばした。医者にかかるには、少なくとも銀で二十匁《もんめ》から三十匁くらいはかかる。銭なしで診てくれる奇特な医者は、知る限りではなかった。

「済まねえ、銭を貸しちゃあくれねえか。稲吉がてえへんなんだ」

「そんな銭、あるわけないじゃないか」

隣の鋳《い》掛《かけ》屋の女房が言った。稲吉の世話をよくしてくれていたが、銭の貸し借りとなると話は別だった。

「これだけならばいいよ」

蜆《しじみ》の振り売りをしている者が、銭二十四文を出してくれた。これで精いっぱいなのは分かった。

「ありがてえ」

口にはしたが、これでは何の足しにもならないのは明らかだ。

「うちだって、医者にかけたいけどできないんだよ」

風邪引きがいる家では言われた。

長屋のすべての家に声をかけても、しめて百五十文ほどしか集まらなかった。

「くそっ。こうなったら」

部屋に残っていた、一年近く前に逃げた女房お浜《はま》が残していった真鍮《しんちゆう》製の珠簪《たまかんざし》を握りしめた。透き通るような朱色の珠がついていた。大事に取っておいたが、他に銭になりそうな品はなかった。

「行くぞ」

稲吉には綿入れを着せて、背負って長屋を出た。背中に高熱が伝わってきた。提灯を手に、まず出入りしている本郷通りの質屋へ向かった。

いろいろ流してきたところだ。

　米助は以前は裏通りだが、間口二間（約三・六メートル）の小間物の店を持っていた。しかし商いはうまくいかなくて、店を失った。女房のお浜は、人がいいだけで甲斐性のない米助に愛想をつかした。好いた宮地芝居《みやちしばい》の役者と駆け落ちをしたのである。米助との暮らしには、花がないと感じたのだろう。

　珠簪は、残していったのではない。慌てて出たので、持ち忘れたのだと察しられた。悔しいことだが、米助は捨てられなかった。

「稲吉のおっかあだからなあ」

　という気持ちがあった。しかし今となっては、手放すしか手がなかった。米助にとって、稲吉はかけがえのない者だった。

　本郷二丁目の質屋讃岐屋《さぬきや》は、すでに明かりが消えている。

　店はとうに閉じられているようだ。しかしかまってはいられない。何としても今、珠簪で銭を拵《こしら》えなくてはならなかった。戸を叩いて、呼び出す覚悟だった。

　子どもを捨てた母親だが、せめて残した簪で子どもの命を救えという願いもあった。

　敷地内へ足を踏み入れようとしたとき、いきなり内側から格子戸が開かれたのには驚いた。足が止まった。

中から現れたのは、二人の男である。濃い血のにおいが鼻を衝《つ》いてきた。不審に思って、手にあった提灯で相手を照らした。

「うわっ」

米助は声を上げた。現れた男は、手に匕首《あいくち》を握っている。匕首に血がついているのだと分かった。

手にあった提灯に照らされた、二人の顔がよく見えた。二人は盗賊なのに違いない。冷ややかな目を向けている。

「た、助けてくれ」

後ずさりをしながら、声にならない声で言った。提灯を持つ手が震えた。そのとき、賊が匕首を振りかざした。

「わあっ」

子どもを背負っているので、避《よ》けることができない。後ろへ下がったが、どうにもならなかった。腹を刺され、さらに抉《えぐ》られた。驚きと激痛が全身を駆け巡って、息もできなかった。体に力が入らない。

稲吉の体が地べたに落ちて、その後で自分も倒れたのが分かった。

「子どもだけは」

渾身の力で、稲吉の体に覆い被さった。賊は腰を屈《かが》め、地べたで動けない子どもも刺そうとしたからだ。しかしそこで記憶がなくなった。

本郷二丁目の自身番の書役《かきやく》は、帰り支度を調えて番屋の明かりを消そうとした。そこで乱れた人の足音を聞いた。

「てえへんだ、人が刺された」

職人ふうの若い男だ。慌てふためいて駆けつけて来たのだ。

「物盗りか」

慎重な口調で尋ねた。怖さもあった。

「分からねえが、おれたちが通りかかったとき、子どもを背負ったやつがいきなり刺された」

質屋の讃岐屋の前だとか。生唾を呑み込んでから訊いた。

「賊はどうした」

「子どもも刺そうとしたが、おれたちが通りかかったのに気付いて、逃げて行った」

賊は二人で、こちらは四人いた。酒を飲んだ帰り道だったとか。

書役は、土地の岡っ引きに伝えるように告げると、提灯を手に現場へ駆けた。

「これは」

提灯で照らして、息を呑んだ。次の言葉が出なかった。地べたに男と子どもが横たわっている。濃い血のにおいが襲ってきて、心の臓が激しく鳴った。腹に力を溜めてから、腰を屈めた。

男は息をしていなかった。子どもに覆い被さって、守ろうとしたところで息絶えたのだと察しられた。

下の子どもに動きがあった。

「ちゃんが」

子どもは微《かす》かに呻《うめ》くような声を出したが、それきり何も言えない。体に触ると、高熱だった。これは捨て置けない。

この頃には、近所の者も外へ出てきた。町の若い衆に背負わせて、町内の医者のもとへ運ばせた。

そしてここで、讃岐屋の中からも悲鳴が聞こえた。どきりとして、体が固まった。

「まだ、何かあるのか」

するとすぐに、讃岐屋の女房が寝間着姿で飛び出してきた。

「う、うちの人が」

何を言っているのか、すぐには聞き取れなかった。三度目でやっと分かった。店で胸を刺されて倒れているとか。

書役と後から駆け付けた岡っ引きが、店の中に入った。主人《あるじ》の七左衛門《しちざえもん》が板の間で倒れていて、血が着物と床を濡らしている。目は見開いたままで、苦悶の表情だ。

書役はぶるっと体を震わせた。それから恐る恐る周囲に目をやった。そこで帳場に置かれた銭箱の蓋が、開いたままになっているのに気がついた。中を覗くと、小銭が残っているだけだった。

「他に、刺された者はいないか」

「い、いえ」

文太郎《ぶんたろう》という跡取りと、奉公人たちも姿を見せた。店の者で、他に危害を加えられた者はいなかった。

跡取りと小僧二人は風邪をこじらせて寝ていた。女房は病人の世話をしていた。番頭がいたが、通いですでに住まいへ引き上げていた。訪ねてきた者の相手を、七左衛門が一人でしたと察しられた。

女房は店に人が来たことに気づいていたが、七左衛門に任せていた。店を閉めた後でも、客が来ることはまれにあった。

「話し声は聞こえたか。争う気配はなかったか」

「気が付きませんでした」

岡っ引きの問いに、女房は顔を強張《こわば》らせたまま答えた。

「賊は、七左衛門を殺して金を奪い、店を出たところで父子と鉢合わせをしたわけだな」

「顔を見られたと思ったのでしょうね」

地べたに、提灯の燃えかすが落ちていた。殺された男が持って来たものだろう。定《じょう》町廻《まちまわ》り同心《どうしん》に知らせた。

二

朝起きて、朝比奈《あさひな》凜之助《りんのすけ》は洗面のために井戸端へ出た。朝の日差しは柔らかいが、さっと吹き抜けた風は目を覚ましてくれた。寒さでぶるっと体が震えた。

葉のない枝先に小鳥が止まって鳴き声を上げている。飛び立つと枝が揺れて、一枚だけ残っていた枯葉がはらはらと舞い落ちた。

釣瓶《つるべ》を使って水を汲《く》み、小桶《こおけ》にざあと移す。思い切って両手を突っ込んで、洗面をした。顔を洗えば、それはそれで気持ちよかった。

目を閉じたまま肩にかけた手拭いを手に取ろうとして、見つからない。屈んだときに落としたらしく、足元で濡れてしまっていた。拾ってかまわず顔を拭こうとしたとき、足音がした。

「これをお使いなさい」

祖母朋《とも》の声がして、乾いた手拭いを手渡された。

「ありがとうございます」

濡れた顔を拭いていると、朋が言った。

「文〓《ふみ》どのが流行り風邪に罹ったようです」

「それは、いけませんね」

凜之助が返した。昨日はいく分咳《せ》き込んでいた。それが一夜明けて、酷くなったらしい。

「気をつけるようにと、あれだけ申していたのに」

「はあ」

「あの人は軽はずみで、気配りが足りません」

声は落としているが、厳しい口ぶりだ。案じるというよりも、責めている。文〓は凜之助の母で、嫁姑の関係は極めて良くない。表立ってぶつかることはないが、用事以外は話をしないという拗《こじ》れた状態が、何年も前から続いていた。

どちらも気が強くて意地っ張りだ。

朝餉《あさげ》の支度は、朋が女中のお妙《たえ》に指図してやらせた。

「あの娘はのんびりで、手順が分かっていない。文ゑどのが、きちんと躾《しつ》けていないからです」

お妙は、南町奉行所《みなみまちぶぎょうしょ》定町廻り同心を代々務める朝比奈家に、昨年から奉公をしてきた十六歳になる娘だ。本来朝餉は文ゑの役目で、それが朋に回ってきた。気に入らない嫁のために動かされるのが、面白くないようだ。

「あの人は、嫁いできたときからああだった」

実子で凜之助の父である松之助《まつのすけ》が、文ゑと祝言《しゅうげん》を挙げるのは反対だった。

文ゑは京橋南大坂町《きょうばしみなみおおさかちょう》の繰綿問屋《くりわたどんや》児玉屋《こだまや》の娘に生まれたが、八丁堀《はっちょうぼり》の朝比奈家に嫁いできた。松之助とは、若い頃は相愛だったらしいが、今ではすっかり尻に敷いてしまった。

賢くてしっかり者だと噂する者はいるが、おきゃんな一面があって、町人堅気が顔を出す。それが何よりも朋には気に入らないらしかった。

祝言を挙げた頃、朝比奈家の家計は苦しかった。文ゑは百両の持参金を持って嫁に来た。

同心の家はおおむね豊かだったが、先々代が長患いをして借金があった。朋としては不本意ながらも祝言を認めたと、凜之助は聞いている。

朋は北町《きた》奉行所与力《よりき》の井戸《いど》家から朝比奈家に嫁いだ、根っからの武家女である。気位が高い。夫松右衛門《まつえもん》は、十二年前に亡くなった。

格上の与力の家から嫁いだ朋だが、持参金付きで嫁に来た文ゑには、ぶつかりにくいところがあった。商家の考えと武家のしきたりがぶつかる。朋にとって文ゑは、親の財力を笠に着たがさつで気配りのない嫁ということになる。

とはいえ朋は、文ゑが生んだ凜之助と二つ年上の姉由喜江《ゆきえ》を可愛がった。

朋は書に優れた腕を持っていて、八丁堀界隈の武家娘に指導を行っていた。三十名を超す弟子がいて、束脩《そくしゅう》などの実入りがあった。凜之助が部屋住みだった頃は、小遣いを貰った。

「移されないように気をつけるのですよ」

言い残すと行ってしまった。どこかに、いい気味といった気配も感じられた。

洗面を済ませた凜之助は、文ゑの見舞いに病間へ行った。

「心していたんだけどね、罹っちゃいましたよ」

熱があって咳も出る。目は涙目になっていたが、凜之助の顔を見るとそう言った。つらいには違いないが、暗い感じはなかった。

朋がどう思っているかなど、気にする気配もない。

「でもねえ。お稽古ができなくなるから、それが申し訳ない」

町娘相手に、裁縫を教えている。腕前は見事で、朋も歯が立たない。赤糸で白無垢《しろむく》を縫っても赤を見せない腕だ。文ゑのもとにも朋に劣らない数の町家の娘が、稽古に通っていた。

娘たちが通ってくる稽古の日は、何年も前から書と裁縫で重ならないように、ずらしていた。いつの間にかすみわけができていた。

朋と文ゑは、互いの弟子に対しては、厳しめの批評をする。

「町家の娘は騒がしいだけで、挨拶もろくにできない」

「娘なんだから、あんなに小難しい顔をしなくたっていいのにねえ」

何を言われても、凜之助は聞き流す。どちらかの味方をすると面倒だ。

これは幼少から身につけた、朝比奈家で暮らすこつのようなものだ。姉由喜江も、よくわきまえていた。

由喜江はすでに嫁入っていて、赤子もいる。嫁ぎ先は、南町奉行所定町廻り同心忍《しの》谷《や》郁三郎《いくさぶろう》で、凜之助にとっては、剣の修行をした鏡新明智《きょうしんめいち》流桃井《もものい》道場の兄弟子でもあった。互いに免許の腕になっている。

朋と文ゑの愚痴を丁寧に聞くのは、松之助だ。隠居をしてから屋敷にいることが多いので、特にそうなった。

敏腕同心として、町の破落戸《ごろつき》どもには怖れられたが、今では日がな鳥籠《とりかご》作りに精を出している。名人級の腕前で、出来上がりの見事さには凜之助も感心する。それなりの値で売れているらしいが、儲けた額については家の者には言わない。

一人で酒を飲んでくることも、たまにある。化粧のにおいをさせて帰ってくることはないから、文ゑは大目に見ていた。

日々の暮らしでは、余計なことは口にしない父だ。

二年前に、跡取りだった兄鉄之助《てつのすけ》が亡くなった。事故死だが、面倒な事件に関わっていた。松之助は、鉄之助がしていた探索を引き継いでいたが、あるときから関わらなくなり、一年前に隠居をすると告げた。それで凜之助が、定町廻り同心として出仕したのである。

いきなりのことで凜之助は仰天したが、朋も文ゑも何も言わなかった。

「今日は稽古がある日だけど、できそうもない」

病間を出ようとすると、文ゑが言った。

「それはそうですね」

「そこでお麓《ろく》さんに、今日は休みだと伝えてきてもらおうかね」

お麓は十七歳だが、文ゑが信頼している弟子だ。お麓に伝えておけば、他の門弟にも伝えられる。

「はあ」

断ると後が面倒なので、引き受けた。

凜之助の食事の給仕をしたのは朋だった。

「ちと、寄り道をしてもらいたい」

と頼まれた。

「流行《はや》り風邪のいる家に弟子は呼べないので、明日の稽古は休みにします」

「その方が、よさそうですね」

「そこで明日の稽古は休むと、網原《あみはら》家の三雪《みゆき》どのに伝えてもらいたい」

「分かりました」

引き受けたが気が重い。

町奉行所へ出仕する前に、二軒寄らなくてはならない。とはいえ、どちらも遠くではないから、立ち寄ること自体は面倒ではない。気が重いのは、他に理由があった。それぞれが、自分の祝言の相手として勧められている娘だからだった。

三雪は朋が推していた。お麓は文ゑが勧めてくる。

知らせるのは他の者でもいいが、わざわざ凜之助に行かせるのは、娘に近づけさせたい思惑があるからだ。三雪は南町奉行所の小石川養生所詰同心《こいしかわようじょうしょづめ》だ。そしてお麓は、日比谷町《ひびやちょう》の質屋三河屋《みかわや》の娘だった。

凜之助は、物心ついたときから、老若の女に囲まれて暮らしている。父の影は、極めて薄かった。

まず足を向けたのは、三雪のところだ。

「わざわざのお伝え、ありがとう存じます」

現れた三雪は、丁寧な対応をした。

物静かで口数も少ないが、しっかり者という評判だった。用件だけ伝えたら、他に話すこともない。さっさと引き上げる。

次はお麓だ。日比谷町も八丁堀界隈となっていた。

店の横に、土蔵が建てられている。屋号を染め抜いた藍暖簾《あいのれん》を潜った。出てきた小僧に、お麓を呼んでもらった。

「お手数でした。早速他の方にお伝えしますね」

明るく気はいいが、少々慌て者だという話は耳にしていた。

第一章　消えた手代

一

「では、お気をつけて」

「うむ」

南町奉行所定町廻り同心の忍谷郁三郎は、妻の由喜江に見送られて八丁堀の屋敷を出た。由喜江は二歳の娘花《はな》を抱いていた。父親の外出が分かって、幼子は紅葉《もみじ》のような手を振る。

寒がりの郁三郎は、いつまでも寝床にいたかった。しかし娘に体を揺すられて、渋々起き上がった。役目だから仕方がない。

「ふう」

夜のうちにできた霜柱が解け始めて、歩き始めると足袋がすぐに汚れた。こんな道を歩くのかと、ため息が出た。

「よりによって、この忙しいときに」

と呟きが続いた。郁三郎の町廻り区域は本郷と湯島《ゆしま》、外神田《そとかんだ》となっているが、その中の本郷二丁目の質屋讃岐屋で、主人と訪ねて来た小間物の振り売りが殺される事件があった。昨夜遅く呼び出されて、出向いたのである。

そこで自身番の書役や土地の岡っ引きから、状況を聞いた。

殺された主人の七左衛門は、匕首で二か所刺されていた。その上で、銭箱の二十一両を奪われていたのである。

家族や奉公人はいたが、女房以外は風邪を引いて奥の部屋で寝込んでいた。病人の世話をしていた女房は、誰か店に訪ねて来たのは気配で分かったが、犯行には気付かなかった。

殺された七左衛門は声を上げなかった。賊二人は客を装って訪ね、声を上げることができない状態で刺殺したと察しられた。

風邪気味だった家の者や女房は、外の騒ぎで不審に思い、店に出て凶行に気がついた。

店の外で殺された振り売りについては、昨夜の段階では身元は分からなかった。銭は百五十文ほどあって、他には懐に朱色の珠簪を入れていた。

背負っていた子どもは高熱で、医者にかける金を借りるために男は讃岐屋へやって来たと思われた。郁三郎が出向いたときには、子どもの意識はなかった。町医者に診させたが、危ないというので、昨夜のうちに町の者が戸板に乗せて小石川養生所へ移した。

土地の岡っ引きは、目撃者を探したが、昨夜の段階ではいなかった。そこまで始末して、昨夜は引き上げた。

そして今日は、奉行所へは寄らず、直接現場へ向かった。十一月も半ばとなり、年末も近づいて商家は忙《せわ》しない状態になった。小さな悶着《もんちゃく》が起きていて、始末の依頼を受けていた。

さらに湯島では十日ほど前に火事騒ぎがあって、郁三郎はそちらの調べも行わなくてはならなかった。幸い大火にはならなかったが、放火だった。

放火は重罪だから、そのままにはできない。町奉行からも、火を放った者を炙《あぶ》り出せと直々に告げられていた。

「面倒なことが重なるぜ」

とため息が出るのだった。もともと定町廻り同心になりたくてなったわけではなかった。忍谷家代々の役目だから跡を継いだが、熱心ではない。面倒なことは、少しでも避けたかった。

しかし殺しでは、岡っ引き任せにはできない。

讃岐屋へ着くと、すでに野次馬がいて岡っ引きの手先が近寄らせないように縄を張っていた。

「店の前で殺された男の素性が分かりました」

岡っ引きが言った。

「米助という、小間物の振り売りをしている者です」

と続けた。本郷竹町の同じ長屋の住人が、事件の話を聞いて申し出てきた。

子どもは稲吉で、高熱を出し医者にかけたくて、米助は長屋中を回って銭を借り歩いた。しかし大した額にはならず、出入りをしている讃岐屋へ向かったという証言だった。

「子どもが死んじまうんじゃないかと、おろおろしていました」

女房はいない。六歳の倅《せがれ》を抱え、小間物の振り売りで生計を立てていると長屋の住人から聞いた。詳細は分からないが、女房とは死別ではなく逃げられたのだとか。

小石川養生所へ運ばれた子どもは、重体でどうなるか分からない。けれども変事があったという知らせはないから、ともあれ一夜を明かし、厳しいところは越したと思われた。

「賊に思い当たる者はいないか」

讃岐屋の女房や跡取り、番頭に改めて問いかけた。

「うちはお金が絡む商いでございます。阿漕《あこぎ》な真似はしていないつもりですが、恨む方はあろうと存じます」

もっともだと思われた。あてにしていたが借りられず、恨みに思う者はいたかもしれない。

店を閉じた後、戸を叩いてやって来る客はたまにはあるとか。

「急ぎ銭が欲しいという方です」

「そういうときは、どうするのか」

「利息を割り増してご用立てすることはありました」

跡取りが言った。質屋にすれば、迷惑な客だろう。

「襲った客は、それか」

七左衛門とは馴染みの客なのかどうかは不明だ。岡っ引きの手先が聞き込んだ限りでは、近所で昨夜不審な者を目撃した者は現れなかった。

この一年あまり、二人組による盗賊騒ぎは、江戸市中でなかったわけではない。ただ主人と目撃者を殺したのはなかった。

「恨みがあって、わざわざ讃岐屋を選んだのか。それともたまたま金がありそうだと踏んで狙っただけなのか」

そこははっきりしない。恨みがあっての襲撃ならば、かつて出入りをした客である可能性が大きい。まずはそこを洗っておかなくてはならなかった。

賊は二か所、刺し傷を残していた。騒がれそうになって刺したのではなく、初めから殺す意思があったと推察できた。

「この数年の間で、取り立てて恨んでいたと思われる者はいないか」

「そうですね」

跡取りと番頭は顔を見合わせた。そして四人の名を挙げ、住まいを教えた。もちろん他にもいるかもしれないが、まずはこれを当たる。

湯島切通片町《きりどおしかたまち》の荒物屋多田屋《ただや》、本郷菊坂町《きくさかちょう》の豆腐商い出羽屋《でわや》、神田明神西町《みょうじんにしまち》の足袋屋駿河屋《するがや》、内神田小柳町《うちかんだこやなぎちょう》の下駄職親方の四軒である。借金を期限までに返せず、商いや仕事に支障をきたした者たちだった。

返済のために、店や娘を失った者もいる。

まず多田屋へ行った。裏通りの小店《こだな》で、繁盛しているようには見えない。ここは店を守るために、娘を売らされた。根に持っているのは間違いなかった。

「へえ。あの人、殺されたのですか。そりゃあ天罰でございますねえ」

話を聞いた初老の主人は言った。顔がほころんだ。

「その方《ほう》には、恨みがあったわけだな」

「もちろんでございますよ。娘のことを思うと、涙が出ます」

肩を落とした。借りたのは確かだが、恨みは別だろう。それから続けた。

「でもね、あたしはやっていませんよ」

きっぱりとした口調で言った。

「暮れ六つ以降、どこにいたのか」

「隣の青物屋さんへ行って、ご隠居と将棋を指していました」

女房が頷いた。そこで郁三郎は、青物屋の敷居を跨いだ。泥のついた大根や小松菜、慈姑《くわい》などが並んでいる。隠居を呼び出した。

「ええ、お隣は来ていましたよ。将棋を指しました。私が勝ちましたけどね」

青物屋の夫婦と、十歳くらいの子どもは荒物屋の主人が来ていたことを認めた。また向かい側の、艾屋《もぐさ》の主人も顔を見せたとか。

それならば、犯行はできなかったことになる。

二

三雪とお麓に言伝《ことづて》を済ませた凜之助は、数寄屋橋《すきやばし》門内の南町奉行所へ向かう。霜の解け始めた道を荷車が通ると、泥を引っ掛けられる。そういうときは、道の端に身を寄せた。

「おやっ」

楓川《もみじがわ》の河岸道《かしみち》に出たところで、松之助と出会った。手に、仕上げたばかりの鳥籠をぶら下げていた。

「立派なものができましたね」

と声をかけた。世辞ではない。精巧な造りだった。色鮮やかな小鳥が、中で囀《さえず》りを上げる様を想像した。

「まあな」

嬉しそうだ。これを鳥籠や虫籠《むしこ》を商う店へ持ってゆく。店頭に飾られたら、それなりの値がつけられるだろう。

松之助は凜之助と同様、鏡新明智流桃井道場で剣術を学び、南町奉行所内でも指折りの遣い手と言われた。しかし一年前に隠居してからは、その面影は一切見られなくなった。

さながら鳥籠造りの職人のような暮らしだ。目つきも、別人のように穏やかになった。

二年半前、兄の鉄之助は、見習い同心として南町奉行所へ出仕していた。折から将軍家ゆかりの無量山伝通院寿経寺《むりょうざんでんづういんじゅきょうじ》では、本堂の改築が行われることになっていた。これに際して、材木納入に関する不正疑惑が起こった。

旗本と材木商人が絡んでいるという話で、読売《よみうり》でも取り上げられ、町の者の間でも話題になった。

見習いの鉄之助は、事件解明を命じられた与力同心の下について、その調べに当たっていた。不正を許せない正義感があったから、熱心な聞き込みを行った。あのときの兄は、生き生きとしていて頼もしかった。

自分もああなりたいと、凜之助は思ったものだ。

そして鉄之助は、念入りな聞き込みによって、事件解決の手掛かりを摑んだ気配があった。

「思いがけない大物が絡んでいるぞ」

具体的な中身についての言及はなかったが、鉄之助は不正の解明に自信を持っていた。

けれどもその直後、調べに出向いた材木屋で、材木が倒れるという事故に遭った。下敷きになって、鉄之助は命を失ったのである。

朝比奈家は悲しみに包まれた。そのときはさしもの朋と文ゑも、日頃の確執を越えて共に菩提《ぼだい》を弔った。

探索に当たっていた与力と同心は、事故死として事を処理した。たしかに一見したところでは事故死だが、松之助はそうは考えなかったらしかった。

その背後には作事《さくじ》奉行と材木問屋の陰謀が絡んでいたという見立てがあった。だが、証拠はない。

大物というのは、伝通院本堂改築に関わる責任者である作事奉行を指していたのか……。

倅を失った松之助である。涙こそ見せなかったが、鬼気迫る形相で調べに当たった。半年調べたが、確かな手掛かりは得られなかった。

　ある日、常とは別人の面持ちで、松之助は帰宅した。生気のない表情だった。そして迎えに出た凜之助に言った。

「おれは隠居する。その方が家督を継ぐがいい」

　松之助はそれきり、鉄之助の事件に関する調べを行わなくなった。奉行所に出なくなると、鳥籠作りに集中した。朋も文ゑも、それについて何も口出しをしなかった。まるで示し合わせたようだった。

「何があったのでございましょうか」

「いや、何もありはせぬ」

　心の内を窺わせない顔で、松之助は答えた。言外に、そのことには触れるなと告げられた気がした。

　もともと鉄之助は、小鳥を飼うのが好きだった。松之助は器用で、鳥籠や虫籠作りは、時間を拵えてやっていた。子どもの頃に作ってもらった鳥籠で、鉄之助は長く小鳥を飼っていた。

　材木の不正入荷についての調べは、その後うやむやになった。一時は町の読売も記事として取り上げたが、江戸っ子は熱しやすくて冷めやすかった。半年もすると、話題にする者もいなくなった。

松之助が同心職を辞したのは、大身旗本《たいしん》からの圧力があったからではないかと凜之助は考えている。しかし詳細を語ることはなかったから、不明のままとなっていた。

「旦那はすっかり変わっちまった。気迫ってえものがなくなった」

出入りしていた岡っ引きの一人が、凜之助に言った。凜之助も兄の死と事件の調べをしたい気持ちはあるが、詳細は分からない。奉行所内には、触れてはいけないという空気があった。

楓川の河岸に立った父は、晴天の冬の空を見上げる。小鳥が数羽、鳴き声を上げながら飛んでいた。

「小鳥は籠でなく広い空を飛ばせたいが、外敵も多い」

「さようですね」

「籠の中の方が、いっそ楽であろうか」

怒っているわけでも、寂しい様子もない。ただ晴天の空が眩しそうだった。鉄之助は、逆らえない大きな鳥に襲われたのか。問いかけたい気がしたが、できなかった。

凜之助は、南町奉行所の表門を潜った。両番所櫓付《やぐらつき》の長屋門で、見上げるほどの高さだ。これは国持《くにもち》大名以上が許される門構えで、町奉行所の権威を市井《しせい》の者に示す意味があった。手入れは、いつも行き届いていた。

門内には、玉砂利が敷かれている。歩くと音がした。出入りするのは武家だけでなく、悶着を抱えた町の者や届を出すためにやって来た町役人《ちょうやくにん》などの姿も窺えた。初めてやって来たらしい、おどおどした様子の者もあった。

町廻りの前に、前日江戸で起こった事件事故について、凜之助は一通り頭に入れておく。

「昨夜は、ひと騒動あったぞ」

詰所へ入ると、先に来ていた高積見廻《たかづみみまわ》り方《かた》同心が声をかけてきた。

「どこでしょう」

「本郷二丁目の質屋に盗人が入り、二十一両が奪われた。主人と、たまたま訪ねて来た振り売りの男が刺殺された」

「そうでしたか」

凜之助は初めて、事件について知った。昨日の今日だから、もちろん解決はしていない。

「郁三郎さんもたいへんだ」

呟いた。郁三郎の町廻り区域だと分かるからだ。凜之助の町廻り区域は、神田と日《に》本橋《ほんばし》界隈の一部だった。案じはしたが、どこか他人事《ひとごと》という気持ちはあった。

郁三郎の受け持ち区域では、他に付火《つけび》の探索もあって、多忙な中での出来事だった。

町廻りをして、凜之助は昼過ぎに奉行所へ戻った。風は冷たいが、江戸の町は暑くても寒くても動きを止めない。凜之助の町廻り区域内でも、町廻りをすれば、小さな事件は次々に起こった。

蕎麦の食い逃げと草鞋《わらじ》のかっぱらい、些細な喧嘩口論などがあった。しかし大きな事件は起こっていなかった。

同心詰め所にいると、郁三郎が戻ってきた。年番方《ねんばんかた》与力に、ここまでの調べについて、報告をしてきたところらしい。顔つきを見ていると、事件解決の手掛かりが得られたようには感じなかった。

「おお、凜之助」

向こうから声をかけてきた。義兄というだけでなく、鏡新明智流桃井道場の兄弟子でもあるから、いつも偉そうな口の利き方をした。

手柄を立てようとか、誰かに気に入られようという気持ちはまるでないから、上役であれ歳上であれ、ずけずけとものを言う。奉行所内では、面倒な者だという評判もあった。

「調べはあまり熱くならず、気楽にやれ」

と、日頃から言われている。凜之助はなかなかその気持ちになれないが、その方が気楽だろうとは思った。

「いやあ、厄介なことが重なって手が回らぬ」

「ここしばらくはさしたる出来事もなかったので、丁度よいのでは」

「何を申すか。日々手間のかかることばかりだ」

郁三郎は、腹を立てたようだ。

「それは、ご無礼をいたしました」

一応、合わせてやる。

「調べようにも、調べきれぬ」

最初から泣き言を口にした。ここまで分かったことを聞いた。

「讃岐屋殺しの怪しげなところを四軒聞いたが、一軒しか回れなかった。付火の件もあったのでな」

「たいへんでございますな。お察しいたします」

一応、ねぎらった。口には出さないが、郁三郎もたまには忙しい思いをすればいいと、気持ちのどこかで感じていた。

「まったくだ」

それから少しばかり考えるふうを見せたが、言葉を続けた。

「どうだ。その方、手伝わぬか。今は手すきであろうが」

そらきたと思った。面倒なことを押しつけられてはたまらない。

「いや。それほどでも」

人使いが荒いのは分かっているから、一応その気がないことを伝える。しかしそれで引く相手ではなかった。詰所から出ようとすると、腕を摑まれた。

「二、三日手を貸せばよい。難事件ではなかろう。すぐに収まる案件だ」

それならば自分でやれと思ったが、さすがにそこまでは言えない。新米の頃には、助けてもらったこともある。義兄であり剣術道場の兄弟子でもあった。幼い頃は、兄鉄之助と三人で遊んだ。

義理が絡まり合っている。

「今日だけですよ」

念押しをしてから、しぶしぶ頷いた。

三

「これだ」

郁三郎から、凜之助は紙片を手渡された。四軒の商家の屋号と、その場所が記されている。

被害に遭った讃岐屋の跡取りと番頭から聞いた、怪しげな者の名を記したものだ。そのうちの一つ多田屋については、線が引かれている。

残りの三軒を当たれ、というものだった。

無理やり押し付けられて面白くないが、行かないわけにはいかない。まず足を向けたのは、内神田小柳町の下駄職親方のところだ。

当人に当たる前に、近所の者から評判を聞くことにした。町の自身番に入った。

「仕事はよくするようですよ。小僧からの叩き上げで、親方にまでなりました」

中年の書役は言った。

「苦労人だな」

「ええ、多少頑固者ではありますが、町の仕事もよくやってくれますよ」

夜回りや溝浚《どぶさら》いの指図をした。

「しかし金を借りるようなことになったのではないか」

「そうらしいですけどねえ。あの人、ちょっと酒とこれの癖が悪いんですよ」

書役は小指を立てた。

「遊びのためにした借金の返済が滞って、仕事用の桐材《きり》を差し押さえられた。そのために納品ができなかったと聞きました」

「それで讃岐屋を恨んだわけか」

「まあ」

下駄職としての信用もなくしたが、女房にも知られて揉めた。

「讃岐屋にしたら、恨まれるような筋合いはないようなものだが」

それから凜之助は、下駄職親方を訪ねた。親方は、讃岐屋が襲われて殺されたことを知っていた。

「界隈では、誰もが噂をしています」

裏店《うらだな》住まいの者ならば、一度や二度、質屋の世話になっていた。関心はあっただろう。

「昨日の暮れ六つ以降、何をしていたのか」

単刀直入に訊いた。いちいち告げなくても、来意は分かるはずだ。

「八《や》つ小路《こうじ》近くの居酒屋牡丹《ぼたん》で飲んでいました」

「間違いないな」

念を押すと、目がわずかに泳いだ。

「謀《たばか》りを申すと、困るのはその方だぞ」

相手は親子ほど年が違うが、容赦はしない。

「外で話しませんか」

家の中では、話しにくいらしかった。女房がいて、弟子たちもいる。

「実は、申し上げにくいところへ行っていました」

湯島一丁目の小料理屋だそうな。そこのおかみといろいろあって、女房と揉めた。もう行かないと話した店だとか。

告げられた小料理屋へ行った。なるほどおかみは、若い頃はさぞかし器量がよかっただろうと思える女だった。

「はい。昨日はお見えになっていました」

おかみから証言を得た。店の板前や手伝いの娘も頷いた。事実ならば、深追いはしない。

次は神田明神西町の足袋屋駿河屋だが、ここの店はすでに人手に渡っていて、住人は心中をしたという話だった。今は乾物屋になっている。

まずは自身番で書役から訊いた。

「あれは三月前の八月のことです。主人は与兵衛《よへえ》さんといいましてね、生まれながらにこの町の人でした。二年くらい前から、商いは少しずつ傾いていたようですが」

仕入れのたびに、讃岐屋から金を借りていたらしい。一回一回は少額でも、積もればそれなりの額になる。利息も加わる。

店は自分のものだが、借地だった。その店舗を担保にして金を借りていたから、返せなくなれば手放さなくてはならなかった。

「これは噂ですけどね、讃岐屋七左衛門さんは、娘を売るのでもいいと話したそうで」

娘は町では評判の器量よしだったとか。

与兵衛は、親類筋を廻って金を借りようとした。しかしこれまでもいろいろと助力を受けていた。それでも商いは傾いたのである。

「匙《さじ》を投げられたわけか」

「そのようで」

与兵衛は三代目で、見栄っ張りなところがあった。

「支払期限の数日前に、夫婦と娘の三人で首を括《くく》りました」

与兵衛は返済日の日延べを再三願い出たが、聞き入れられなかった。とはいえ、金を借りた駿河屋にも、甘い一面があった。

「親から引き継いだ店を潰すか、娘を売るしかない破目に陥った。世を儚《はかな》んだわけだな」

返済に関するそのあたりの詳細については、讃岐屋では口にしなかった。

「店を手放しても、三人で力を合わせれば何とかなったかもしれませんが、苦労知らずだったのでしょうね」

「では家の者は、一人も残っていないのか」

「いえ、跡取りの与《よ》一郎《いちろう》という跡取りがいましたが、行方が知れません」

「前からいないのか」

「違います。京橋八官町《はちかんちょう》の足袋問屋山城屋《やましろや》へ修業に出ていました。手代だったはずです」

「すると事態を、後から知ったわけだな」

「驚いたようで、慌てて駆けつけてきました。しかしどうにもなりません」

書役は、思い出す顔で言った。葬儀は、町の者たちが手伝って行ったとか。

「ならば与一郎は、讃岐屋を恨んでいるであろうな」

「そりゃあそうでしょうねえ」

早速、当たりがきた感触だった。

「では与一郎は、まだ山城屋にいるわけだな」

「いやそれが、今はいません。葬儀が済んで数日したところで、姿を消しました」

「何があったのか」

「与兵衛さんら三人が亡くなっても、借金が消えたわけではありませんでした」

「なるほど。倅の与一郎のところへ回ってきたわけだな」

「はい。与兵衛さんの借金は、讃岐屋さんだけではなかったようで」

そちらの返済期限はまだだったが、讃岐屋の分と合わせると、店舗を手放しただけではどうにもならない額になっていた。

額ははっきりしないが、残金の返済を求められて払えず、せっかく手代にまでなりながら姿を隠すしかない状況に追いやられたということらしい。二十歳だそうな。

「これで決まりではないか」

とは思ったが、念のため本郷菊坂町の豆腐商いの出羽屋へも行った。ここも店をたたんでいた。二年半前のことだ。

　隣の古着屋で訊いた。

　出羽屋の主人は、借金の保証人になって、返済のために讃岐屋から二十両近くを借りた。返済できず、店を残すか娘を売るかとされて、店を手放した。

　裏通りの借家で豆腐を作り、主人が振り売りをしているのだとか。住まいを聞いて、早速訪ねた。

　主人は振り売りに出ていた。居合わせた中年の女房から、話を聞いた。女房も、讃岐屋が殺されたことを知っていた。

「うちの亭主は、昨日は振り売りから帰って、ずっとうちにいましたよ」

と言った。そして讃岐屋が冷酷な金貸しであることを訴えた。借りるときは仏顔だったが、返済が滞ると鬼の顔になった。

　ただ何であれ、女房では証人にならない。

　そこで近所の家で話を聞いた。

「さあ、家にいたかどうかは分かりませんねえ。いたと言うならば、いたんじゃないですか」

　顔を見た者はいなかった。

「でもねえ。あの人が乱暴なことができるとは思えませんけどね」

と言われた。不審な者と付き合っている気配もないとのこと。他にも何人かに訊いたが、暮れ六つ以降姿を見た者はいなかった。

夕方近くになって様子を見に行くと、豆腐屋は帰っていた。凜之助が前に立つと、それだけでおどおどした様子になった。

気の弱そうな男で、人を殺せる者とは思えなかった。

「こうなると、やはり与一郎が気になるな」

凜之助は呟いた。ただもう一つ、あれこれ聞いて気持ちに残ったのは、讃岐屋の商いのことだった。

「金貸しである以上、返せないならば店や娘を売らせるのは、仕方がないかもしれないが」

返済の期日を延ばすなどの配慮は、一切していなかった。不法ではないが、情はない。讃岐屋が名を挙げたのは四人だったが、もっと他にもいるのではないかという気がした。

「都合の悪いことは、口にしないだろうからな」

与一郎はそれらしいが、決めつけるのはまだ早い。もう少し、讃岐屋を当たってみることにした。

四

翌日凜之助は、町廻りを済ませた後で、区域内の質屋で親しくしている者を訪ねた。金貸しはしていないが、質屋としては古くから商いをしている老人だ。松之助から、付き合いを引き継いだ。

町奉行所へ出仕するようになって、他にも異なる家業の者で、多数の知り合いができた。大店《おおだな》の主人や職人の親方、地回りの親分などもいた。

探索の役に立っている。父の存在は大きかった。

讃岐屋及び七左衛門について、知っていることはないかと尋ねた。

「やり手だとは、聞いていますよ」

老人は、香りのいい茶を勧めながら言った。

「質屋より、金貸しの方が割合は高かったと思いますよ」

質草ではなく、証文を取って金を貸す。利息を付けて返せればいいが、できなければ、そのために一家が離散した話もあるとか。とはいえ老人は、讃岐屋と親しかったわけではない。

ただ質屋仲間から聞いた噂を話しただけだ。商売仲間に何かあれば良きにつけ悪しきにつけ、すぐに伝わる。

「本郷二丁目の家では、町の旦那衆の一人としてそれなりに振舞ってはいます。でもねえ」

「派手な暮らしをしているのか」

「妾宅《しょうたく》を持って女を囲い、そこでは贅沢な暮らしをしているという話は聞いたことがあります」

そこで讃岐屋について、詳しい事情を知る質屋はないかと尋ねた。老人は、湯島一丁目の質屋枡形屋《ますがたや》を教えてくれた。讃岐屋の店に近い、同業の者だ。

「七左衛門さんも、ずいぶん恨まれていたのですねえ」

問いかけを受けた中年の主人は言った。もちろん事件のことを踏まえて口にしたのだ。親しかったわけではないが、質屋仲間ではよく話題に上る人物だったとか。

「いつか、こんなことになるのではないかと話したことがあります」

「分かることは、すべて話してもらえるとありがたい」

「そうですね」

わずかに考えるふうを見せてから、口を開いた。

「泣かされた人は、いたでしょうね。とはいえ、借りた方にも責《せめ》はあるわけですが」

証文に記載のあることを実行しただけで、不法なこともしていないと目の前の主人は言っていた。

「その泣いた者たちを、思いつく限り上げてもらおう」

同じ本郷通りの店で、親の代からの同業だから、古いことも分かるのではないか。

「分かりました」

親の代では、今よりも交流があった。代替わりして七左衛門が主人となり、讃岐屋が資産を残すようになって、縁遠くなった。

「うちが資金繰りで、困ったことがありました。少しばかり手助けをしてもらいたくてお願いに上がったのですが、ご用立てていただけませんでした」

先代のときはたまに会って、互いに助け合った。七左衛門の代になって、それがなくなった。

「古いものも含めますか」

「もちろんだ」

そこで挙がった名は五つだった。すべてが五年以上前のものだった。疎遠になる前のものが多い。

下谷御数寄屋町《したやおすきやまち》乾物商い安房屋《あわや》、上野南大門町《うえのみなみだいもんちょう》葉茶商い田崎屋《たさきや》、駒込追分町《こまごめおいわけまち》種苗商い伊勢屋《いせや》、根津権現門前町《ねづごんげんもんぜんちょう》甘味屋飯尾屋《いいおや》、本郷二丁目薪炭商い横瀬屋《よこせや》だった。

店や娘を奪われたり、商いに大きな支障をきたされたりした者たちだ。

「逆恨みと言えないこともありませんが、借りたことでさらに追い詰められたら、恨むのではないでしょうか」

「苦境から抜け出したくて、借金をしたわけだからな」

「七左衛門さんは、追いつめられてどうにもならなくなった人には、利率を上げて貸したという話もあります」

「五つの店のその後は、分からぬのだな」

枡形屋は頷いた。しょせんは同業の間で噂になっただけの者だ。

「行方が知れない人もいるでしょうね」

「そうだな」

探すとなるとたいへんだろう。

「ただ昔はたいへんでも、今はうまくいっていたら、人殺しまではしないでしょうね」

「どのような事情だったかにもよるが、執念深い者もいるぞ」

主人の言うとおりだが、一応そう返した。

安房屋から当たったが、住まいを奪われた一家は行方知れずだった。

「さあ、どこへ行ったか」

ある日目が覚めたときは、住まいはもぬけの殻だった。近所の者は、誰も行方を知らない。

借金苦になったら、縁者は離れて行った。初めは助けようとしても、どうにもならないと見極めたらば手を引く。九年前の話だった。

次は上野南大門町だ。田崎屋の主人はいたが、昨夜の居場所ははっきりしていた。大家のもとへ、店賃《たなちん》の支払いに行っていたのである。

大家に確かめた。

「お出でになりました。暮れ六つの鐘が鳴って、すぐの頃でした」

三軒目の伊勢屋は、行方知れずだった。すでに十五年前の話である。

「そんなことがありましたねえ」

隣家の者でもすぐには思い出さず、話をしてやっと「ああ」と呟いた。主人や家の者が近辺に現れた気配もない。

「どうしているのでしょうか」

気持ちのこもらない口調で言った。

四軒目の飯尾屋の家族は女房と娘で、主人は風邪気味だった。早めに一人で寝ていたと話したが、証人は家の者だけだった。

「質《たち》の悪い風邪が流行っていますからね。早めに寝たんですよ。ひどくなって休んだら、銭になりませんから」

小火《ぼや》を起こして家を焼き、その修繕の金が必要で、讃岐屋から借りた。返せなくて、土地と店舗を手放してその場所を借りて商いを続けていた。

「店を取り戻したいのですがね、うまくいきません」

甘味屋として、食べて行くことはできるらしい。讃岐屋を恨んでいるとは言わなかったが、腹の奥のことは見ているだけでは分からない。

五軒目の横瀬屋は、すでに転居していたが、倅が二人いた。

「駒太郎《こまたろう》さんと茂次《しげじ》さんでしたかね」

隣家の艾屋の主人は言った。本郷二丁目の店は、とうに他人の手に渡っていた。商いにしくじって、主人だった駒右衛門《こまえもん》は表通りの店を手放さなくてはならなくなった。駒右衛門はそれを無念に思い、首を括って自ら命を断った。癪痛《しやくつう》病みだった女房は、それを機に気持ちも病んで、数か月のうちに亡くなったとか。

十四年前の出来事である。跡取りの駒太郎は当時十八歳、店で手伝いをしていた。次男の茂次は十四歳で、本所《ほんじょ》のどこかに奉公に出ていたという話だった。

「今はどこに」

「親と同じ薪炭屋を、どこかでやっているはずですがねえ」

そこで駒太郎や茂次と親しくしていた者を聞いた。

町内の一膳飯屋の主人が駒太郎と同い年で、遊び仲間だったと教えられた。

「さあ、ここを出てからどっかで店を借りて商いを続けているとは聞きました。でもそれがどこかは」

ただ何年か前に、駒太郎と浅草寺《せんそうじ》の門前町《もんぜんちょう》界隈で会った者がいると教えられ、その者に会った。そこで浅草田原町《あさくさたわらまち》一丁目で、実家と同じ横瀬屋の屋号で薪炭屋を商っていることが分かった。

田原町まで、足を延ばした。町からは、浅草寺の五重塔がよく見えた。

横瀬屋の木看板が立てられた店の前に立った。小僧が店の前で水をまいている。客が現れると、「いらっしゃいませ」と声を上げた。客の出入りは少なくない。繁盛している様子だった。

「私が駒太郎です」

商人として、自信を持って商いをしている人物に見えた。讃岐屋が襲われたことは知っていた。読売が出ていて、読んだそうな。

讃岐屋から金を借りたときの事情を聞いた。前に行った艾屋の主人の話と、ほぼ重なった。

「七左衛門さんについては、痛ましいことですが」

とした上で、言葉を続けた。

「私としては、溜飲《りゅういん》が下がりました」

覚悟して口にしていた。胸にある恨みが、面《おもて》に出た印象だった。

「まあ、そうに違いない」

聞いた凜之助は、駒太郎をけしからんとは思わなかった。店舗を失い、どん底から這い上がってきた者だと伺える。

「ですが、本当に手を出すほど無分別ではありませんよ。折角ここまでにした店を、潰してしまいます」

と付け足した。昨夜暮れ六つ以降、どこにいたか訊いた。

「浅草三好町《みよしちょう》の船宿宵月《よいづき》で、弟の茂次と飲んでいました」

酒は持参して、料理は仕出しを取った。静かに飲めるので、前にも利用したことがあるとか。

弟は、本所相生町《あいおいちょう》の干鰯《ほしか》〆粕《しめかす》魚油問屋上総屋《かずさや》の番頭をしているとか。それなりの暮らしをしている者らしい。

「どうぞ宵月でお確かめください」

駒太郎の方から言った。凜之助は、船宿宵月へ行った。

「はい。お二人でお見えになりました」

接客をしたというおかみが言った。暮れ六つの鐘が鳴る四半刻（約三十分）前くらいに来て、一刻半（約三時間）ほどいたそうな。女中共々、二人の顔を見ていた。帰りは船頭が、茂次を竪川《たてかわ》の船着場まで舟で送ったとか。

「それならば間違いない」

下谷御数寄屋町の乾物商い安房屋と駒込追分町の種苗商い伊勢屋が行方不明、根津権現門前町の甘味屋飯尾屋が、流行風邪で寝ていたという状況だった。

安房屋と伊勢屋については、土地の岡っ引きに、町に戻って来ている気配がないか、当たらせることにした。

五

そろそろ暮れ六つの鐘が鳴ろうという頃、凜之助は屋敷への道を歩いていた。そこで昨日今日で回った八軒の讃岐屋に恨みを持つ者について、頭の中で整理をした。

日が落ちると、風はめっきり冷たくなる。道行く人は、足早になっていた。

最も古い話では十五年前の出来事があった。

「それほど長い間、恨みを持ち続けられるのだろうか」

という疑問はあった。不明の者は、改めて行方を探さなくてはならないし、犯行の刻限の居場所がはっきりできない者については、明らかにしなくてはならない。けれどもその中には、復讐をしようという気概といったものを感じない者もいた。

これらを踏まえて考えると、一番怪しいのは、やはり行方不明になっている足袋屋駿河屋の跡取り与一郎だった。

京橋の足袋問屋山城屋に奉公をしていたが、辞めざるを得ない目に遭った。与一郎にしてみれば、讃岐屋七左衛門の仕打ちに、これからの商人としての暮らしを大きく狂わせられた。

しかもまだ、三月前の出来事である。

「怒りや恨みは頂点に達しているだろう」

明日は、与一郎捜しをしようと考えた。

「凜之助さま」

ここで声をかけられた。二間ほど先に、提灯を手にした三雪が立っていた。考え事をしていたので気づかなかった。八丁堀とはいっても、町人も住んでいる。人通りも多くはないがあった。

三雪は武家娘らしい、丁寧な挨拶をした。背筋がぴんと張っていて、きりりとした端正な面差しだと感じた。声をかけてくるのは珍しい。屋敷内で会っても、黙礼をするだけだった。

朋は凜之助の嫁にと言ってくるが、本人がどう思っているのかは分からない。

「御母上さまの風邪の具合はいかがでございましょうか」

文ゑの病状を気にしていた。

「今朝は、いく分よくなったようだが」

聞き込みで、母の風邪のことは忘れていた。三雪は朋の弟子だから、文ゑとのかかわりはないはずだが、案じてくれている様子だった。場合によっては無視されたり冷ややかな対応をされたりしたかもしれないが、不満に感じている気配はまったくうかがわせなかった。

帰る方向が同じなので、並んで歩いた。

「私は今、小石川養生所へ行ってまいりました」

三雪の父網原善八郎《ぜんぱちろう》は、南町奉行所の養生所見廻り同心を務めている。そういえば朋が、三雪は養生所で人の手が足りないときに手伝いに行っているという話をしていたのを思い出した。それで尋ねた。

「今は、流行り風邪の者が多いのですか」

「はい。重くなってから見える方が多いので、たいへんです」

謙遜はしない。正直だった。

裏店住まいの者は、治療費が高いので、簡単には町の医者にかかれない。我慢をしていたが、いよいよひどくなって運び込まれる者が多いという話だった。

「風邪の売薬があるのではないか」

「ありますが、安い売薬は質が悪くて治りません」

雑穀をすり潰して粒状にし、苦みをつけただけのものを丸薬として、四、五文で売る。

「ひどいな」

「まったくです」

腹立たしげだ。

「そんな薬を飲んで無理をするから、かえって風邪を拗《こじ》らせます」

と続けた。

「そこでどうにもならなくなって、養生所へ駆け込むわけだな」

「見える方が大勢いて手が回らず、受け入れられないこともあります」

悲しそうな顔になった。

「一昨日、稲吉という子どもが運び込まれたはずだが」

本題に入った。郁三郎から、意識を無くした状態だと聞いて案じていた。唯一、盗賊の顔を見ているかもしれない人物だった。

「はい、ご存じでしたか」

三雪が応じたので、凜之助は七左衛門と米助殺しの探索をしていることを話した。

「そうでしたか。重篤なときに背負われて、父親がとんでもない目に遭わされました」

「驚きと怖れは、並大抵ではなかったであろうな」

察するに余りある。六歳の子どもだ。

「どうなるかと案じましたが、朝方になって目を覚まし、一命は取り留めました」

「ならばよかった」

ほっとした。事件の解決に役立つ証言を得られるかもしれない。

「ただ、背負っている父親が刺されたわけですから、まだ満足に口を利くことができません」

「なるほど」

話題にすれば、怖がって体を震わせる。そして涙を流すばかりだそうな。熱もまだ下がっていない。

「寝ていても、うなされます」

「そうか」

心情を思いやると胸が痛んだ。母はいないと聞いているから、父を失って天涯孤独の身になったことになる。

「他のことで、何か言いましたか」

「いえ。時折目を覚ましますが、何も言えません」

まだ話を聞ける状況ではなさそうだ。

「お調べ、気をつけてなさってください」

網原家の屋敷の前で、三雪とは別れた。三雪は稲吉の身を案じ、精いっぱいのことをしているようだ。ありがたかった。

朝比奈家の屋敷に入ると、文ゑはだいぶ良くなっていた。医者が来て、投薬もされたとか。朝比奈家は恵まれている。

医者は文ゑの実家が昵懇《じっこん》にしている者が来た。文ゑの実家繰綿問屋の児玉屋は内福だから、かかりつけの医者がいた。病人が出ると、その医者が駆け付けてきた。

朝比奈家にとっては大いに助かるが、朋にしてみれば、これも面白くないだろう。

夕食後、忍谷屋敷へ行って、郁三郎にこれまでの調べについて伝えた。

「やはり、駿河屋の与一郎が怪しいな」

「はい」

「しっかりやれ。抜かるなよ」

すっかり凜之助の仕事になったような顔で、郁三郎は言った。昨日、一日だけの手伝いだと口にしたことは、互いにすっかり忘れていた。

六

朝、文ゑは起き出していた。だいぶ良くなったらしい。台所で女中のお妙に何か言いながら笑っている。昨日とは打って変わって賑やかになった。

「まったく、人騒がせな人ですよ」

朋が眉を顰《ひそ》めながら凛之助に言った。そもそも声を上げて笑うのが気に入らない。武家にあるまじき行いと受け取るらしい。

「そうですね」

とは返さない。それだと認めたことになる。

文ゑの耳に入ったら面倒だ。

「はあ」

あいまいに受け流す。長い間、母と祖母のやり取りの中で暮らしてきたから、どういう返答をすれば支障がないか、処世の術が身に付いてきた。

松之助は、新しい鳥籠作りに入っている。竹を割る音が聞こえた。朋と文ゑのやり取りには、一切関わらない。見事なものだった。

だから朋も文ゑも、松之助のことは当てにしなかった。

凜之助は、朝食を済ませると早々に八丁堀の屋敷を出た。松之助に倣《なら》って、母と祖母の悶着には関わらない。

ただ朋にしても文ゑにしても、誰かに話を聞いてもらいたいことはあるらしかった。そういうときは、松之助に向かった。

父は鳥籠を作りながら、それぞれの不満を辛抱強く聞く。折々に頷く。その呼吸は絶妙で、ちゃんと聞いているように感じられる。けれども意見は言わない。凜之助は聞き流しているだけではないかと思うこともあるが、訊いて確かめたことはなかった。

二人は、聞いてもらえば満足する様子だ。返答など期待していないのかもしれない。また下手に何か言うと、倍の長さになることもあるから、そこは注意をしなくてはならなかった。

凜之助は、受け持ち区域の町廻りを済ませてから、京橋八官町の足袋問屋山城屋へ出向いた。このあたりは人や荷車が絶え間なく行き来する。山城屋も繁盛した店だった。

店先にいた手代に、与一郎について問いかけた。

「あいつは、よくやっていましたよ。去年の暮れに手代になって、張り切っていました。あと数年修業をしたら、実家の駿河屋へ帰るとのことで」

手代になれば、雑用ではなく商いに関われる。

まだ間もないことだから、元朋輩《ほうばい》はよく覚えていた。同じ頃に奉公を始めた手代仲間として、話はよくしたそうな。

「実家の借金については、知らなかったのか」

「父親は、話さなかったようですね」

「ならば無理心中の話を聞いたときには、驚いたであろう」

「それはもう。でももっと魂消《たまげ》たのは、借金の額だったようです」

店を手放しても、返しきれない。古い建物で借地だったから、手放した後でも七、八両の返済をしなくてはならなかった。なってまだ一年もたたない手代では、利息しか払えない。

「ここだけの話だ」

として凜之助は問いかけた。

「讃岐屋を、与一郎がやったと思うか」

「そうですね」

手代は顔を強張らせた。躊躇《ためら》ったが、言葉を続けた。

「事件を聞いたときに、頭に浮かんだのはあいつの顔でした」

声を潜めていた。あって不思議ではないという返事だ。

「だが犯行は、二人だった。他に思い当たる者はいるか」

「さあ」

手代は考え込んでから、首を横に振った。金を奪った、殺しの仲間である。まともな者ではないだろう。

山城屋に奉公していた間では、破落戸のような者との付き合いはなかったとか。

とはいえ同業や近隣の店の手代の中には、親しくしていた者がいるというので、その名は聞いておいた。四人いた。

それから店の中年の番頭からも話を聞いた。おおむね同じような返答だった。

「仕入れの品選びについては、確かな目を持っていました。長く辛抱したら、番頭にもなれたのではないですかね」

与一郎は、親の店を継げなくても、精進次第では大店の番頭になることができた。その道も奪われた。

「挨拶もなく、いつの間にかいなくなりました。まあ、あの者が片付けなければならない出来事です。早晩返済を求められたわけですから、仕方がないのでしょうが」

他人事のような口ぶりだ。言外に、山城屋とは関わりのない話だと告げているようにも感じた。

そこで凜之助は、手代から聞いた親しかった者四人に当たることにした。まずは近所の葉茶屋の手代である。

「話を聞いて、どきりとしました」

事件を聞いて、与一郎の仕業ではないかと思ったからだ。

「恨んでいましたからね」

と続けた。一家心中直後、たまたま会って話をしたとか。父親は騙《だま》されたと告げたらしい。本当のところは分からない。

二人目は、心中事件後与一郎とは会っていなかった。

「恨んだとは思いますがね。あいつ、そこまでやるでしょうか」

という意見だった。それほどの度胸はないという見方だ。凶悪な物盗りの仕業だと思ったとか。

三人目は、二人目とほぼ同じ。四人目は、思いがけないことを口にした。斜め向かいの、太物屋《ふとものや》の手代だ。

「私は、あいつが襲ったのかと思いました」

確信のある口調だった。

「なぜそう思うのか」

「あいつを見かけたんです。店を出て行った後で」

「いつ、どこでだ」

どきりとした。

「つい先月のことです。人相のよくない三十歳くらいの破落戸ふうと一緒でした。浜《はま》町河岸《ちょうがし》西河岸《にしがし》を北に向かって歩いて行きました」

与一郎は、驚くほど荒《すさ》んだ気配になっていた。だから気軽に声をかけることができなかった。

「一緒にいた男の顔を覚えているか」

「見れば分かると思います。四角張った顔で、ここに黒子《ほくろ》がありました」

鼻の左側を指さした。

「そうか。江戸にいるわけだな」

殺《や》っていたのならば、とうに高跳びしているのではないかと考えていた。ともあれこれで、与一郎が賊の一人である可能性が濃くなった。

第二章　至近の距離

一

　与一郎が江戸にいるのは間違いないと感じた凜之助は、浜町河岸へ向かう。与一郎と親しかった太物屋の手代が、姿を見たという場所だ。

　破落戸らしい者と一緒だった。それが何よりも引っかかる。

　神田堀《かんだぼり》から南に向かって直流して、大川《おおかわ》の三ツ俣《みつまた》へ注ぐまでの堀割を浜町堀と呼んだ。この両岸が浜町河岸となる。輸送に便利な場所だから、商家が並んだ。武家地になるあたりもあった。

　荷船が艪《ろ》の音を立てて行き過ぎた。船着き場では、人足や小僧たちの手で、俵物《たわらもの》の荷下ろしが行われていた。吹き抜ける川風は冷たいが、活気があった。河岸の道では、人や荷車が行き過ぎる。

凜之助はそれを横目で見ながら、歩いて行く。手掛かりがあるわけだから、意気込みがあった。

調べによると殺された讃岐屋七左衛門は、金貸しとして厳しい取り立てをした。金貸しに温情を求める方がおかしいが、調べを進める中では、恨みを持つ者は多かった。とはいえ殺して金を奪っていい理由にはならない。

犯行をなした者が、七左衛門だけでなく、店にやって来た米助までも殺害していた。これは許せなかった。

もともとはやる気のない郁三郎が、押し付けてきた調べごとだ。凜之助は渋々受け入れたが、気が付くと解決させたい案件となっていた。

与一郎が二十歳で、鼻の左側に黒子のある破落戸ふうが三十前後の歳だった。丹念に当たれば、探せるのではないかと踏んだ。

浜町河岸は南北に長く延びるが、南側の武家地との境から北へ向けて、沿道の商家や、通りかかった振り売り、船着場にいる荷運び人足にも問いかけていった。

「与一郎という人ですか。さあ、聞かねえですねえ」

「黒子のあるやつなんて、いくらでもいますぜ」

と告げられた。そうかもしれない。

十人ほど聞いたが、これと思える者はいなかった。十四人目に探す目当てとなる黒子のある日雇い大工が現れた。これかと勢い込んだが、会って話を聞くと、事件当夜の居場所ははっきりしていた。

居酒屋で、大勢の者たちと飲んでいた。

「与一郎なんてえやつは知りやせんよ」

と返された。一緒にいたと告げる者が、何人もいた。がっかりしたが、気持ちを切り替えて他を当たってゆく。

さらに十人ほど訊いた。そろそろ飽きてくる。

けれどもそこで、与一郎と九助《きゅうすけ》という黒子がある者を知っていると言う、荷運び人足が現れた。「まことだな」胸の弾みを抑えながら問いかけた。

「住まいは知りやせん。賭場で会っただけですから」

二人で来ていた。狙った賽子《さいころ》の目が続けて出て、目立っていた。自分は駒札をすべて失ったので、羨ましかった。名を呼び合っていたので、頭に残っていた。

「どこのだ」

「霊岸島《れいがんじま》でさ」

言い渋ったが、無理やり言わせた。界隈を縄張りにする土地の地回りの賭場だとか。九助が子分で、与一郎の方が、最近つるんで歩くようになったとか。賭場の詳しい場所を聞いた。

霊岸島を貫く新川《しんかわ》の、海側にある三《さん》の橋《はし》近くだとか。博奕《ばくち》はご法度なので、地回りやその子分たちは、同心に賭場について話をすることはない。どうしてもという場合には、土地の岡っ引きを通して話を聞く。

岡っ引きと地回りは、持ちつ持たれつといったところがあった。岡っ引きは、袖の下を得て、黙認する。悪党が集まる場でもあるので、情報収集ができた。

霊岸島を町廻り区域にしている同心に依頼をしてもよかったが、捜すのが面倒だった。すぐにも当たりたかった。逸《はや》る気持ちがあったのは間違いない。

一人で出向いた。

新川河岸の両河岸には、下り酒問屋が並んでいる。西国から運ばれる下り物の酒は高級品で、扱う店はどれも重厚な構えになっていた。その河岸の海際の外れだから、酒樽を入れる倉庫が目についた。

聞いたのは、その内の一つだった。

それらしい建物の入口に、やくざ風の男が、七、八人たむろしていた。近づくと皆、鋭い眼差しを向けてきた。

「いってえ、どんな御用で」

目玉の大きな、二十代後半とおぼしい男だ。一応下手に出た口ぶりだが、向けてくる目や態度は、こちらを舐めていた。

数を頼みにしている。こちらは歳若だと、軽く見たのかもしれない。

「九助と与一郎という者に会いたい。存じておろう」

「さあ、知りやせんねえ」

男は返したが、名を耳にした瞬間の反応から、知っていると判断した。他の者が、身構えている。

男たちは、定町廻り同心を怖れてはいなかった。

「そのようなはずはない。ここに顔を出すと聞いて来たのだ」

「誰が言ったかは知りやせんがね、気の迷いじゃねえですか」

凜之助の目の前で、掌をひらひらさせた。からかっているようにも受け取れた。

「その方らに、迷惑はかけぬ。二人に会いたいだけだ」

腹立ちを堪えて告げた。

「知らねえと、言ってますぜ」

「ああ。そんなやつ、誰も知らねえ。引き上げた方がいいんじゃねえかねえ」

また先ほどの男が、掌をひらひらさせた。凜之助はその腕を摑んで引き、捩《ね》じり上げた。

容赦はしない。男はもがいたが、手は離さない。

「痛てて」

悲鳴を上げた。

「な、何をしやがる」

全員が身構えた。懐に手を突っ込んだ者もいた。

「無茶は、するな。二人の居所を知りたいだけだ」

さらに握っていた腕を捩じると、こきと小さな音がした。肩の関節が外れたのが分かった。

「うわっ」

声を上げた。これでもう、腕は使い物にならない。

「このやろ」

匕首を抜いた男が、襲ってきた。凜之助は腕を握っていた男を、周囲にいた男にぶつけ、飛び出してきた腕を摑んだ。同じように捩じり上げ、腹を蹴り上げた。男は地べたに転がった。

横にいた男が、こちらの肩を目指して匕首を突いてきた。身を引いて切っ先を避けた。その腕も摑んで捩じり上げた。

「くそっ」

腕を外そうともがくが、どうにもならない。

凜之助が腕に力をこめると、ついに男は呻き声を上げた。見ていた者たちは、それで身動きができなくなった。

相手は一人でも、太刀打ちできないと察したようだ。

「どうだ、二人の住まいを思い出さぬか」

関節が外れる、ぎりぎりまで捩じった。

「ま、待ってくれ」

額に脂汗を滲ませた。これでやっと、言わせることができた。

「ふ、二人の住まいは、築地《つきじ》南小田原町《みなみおだわらちょう》の、裏長屋だ」

江戸の海に面した町だ。凜之助はその足で行った。

西本願寺《にしほんがんじ》の伽藍《がらん》が、海とは反対側に聳《そび》えて見えた。船着き場には漁船が停まっていて、網干場が近くにあった。腐った魚のにおいが微かにした。

九助と与一郎は同じ長屋に住んでいて、そこで知り合ったらしい。辿り着いてみると、二人とも留守だった。

戸を開けて中を覗くと、どちらも寝床が敷いたままになっている。九助の部屋では、酒徳利が転がっていた。

長屋の女房から話を聞いた。もともとは九助が住んでいて、与一郎が三月前に越してきた。いつの間にか、親しそうになっていた。

「京橋や芝《しば》あたりで、鞐《こはぜ》の振り売りをしているって言っていたけど、どこまで本当なんだか」

初めの内は、商いの品を担って出かけていたが、近頃は見かけなくなった。今では二人で夕方から出て、朝に帰ってくることも珍しくなくなった。

襲撃のあった日の昼過ぎから、二人の顔は見ないとか。

「行った場所の見当がつくか」

女房達は、顔を見合わせた。

「さあ。行き先なんて、いちいち言わないからねえ」

「でも、三、四日帰らないなんて、珍しくもないですよ」

与一郎は九助と共に、ふらふらして過ごしているらしい。まともに暮らす気持ちは失せたようだ。ならば恨みのある讃岐屋を、悪仲間と組んで襲おうと考えるのではないか。

戻ったら、分からぬように、町奉行所へ伝えろと女房達に命じた。

二

讃岐屋に押し入り、二十一両を奪って七左衛門を殺した。米助殺害は想定外だったとしても、恨みを晴らすことができ、盗みはうまくいった。

与一郎は満足し、江戸から離れたかもしれないと凜之助は考えた。捕縛の手が伸びるのは覚悟の上での犯行だっただろう。

けれども、まだ江戸にいるらしかった。

やり残したことがあるのか、味をしめてさらなる犯行に及ぼうとしているのか、それは分からない。ただ凜之助にしてみれば、都合のよいことに違いなかった。

「だとするとどこにいるのか」

江戸は広いから、捜すのは手間がかかる。闇雲に歩き回っても、埒《らち》はあかない。

町奉行所へ戻って、ともあれここまでを郁三郎に伝え、相談をすることにした。ここまでやれば、お役御免でもいいかという気持ちもあった。もとを糺《ただ》せば、郁三郎のお役目だった。

途中、凜之助は楓川河岸の本材木町《ほんざいもくちょう》の道に出た。楓川は大川に並行して、日本橋川と京橋川を繋ぐ。対岸が八丁堀界隈となる。

西日が、川面を照らしていた。輝く水面を割って、空の荷船が行き過ぎた。荷を運んだ帰りらしい。

「あれは」

河岸の道に目をやって、凜之助は立ち止まった。地名通り、この辺りには何軒かの材木屋があって、通るだけでも木の香がにおった。その中で一番小さな材木屋の店の前で立っている、父松之助の姿を見かけたからだ。

店の様に目をやっていた。鳥籠は持っていなかった。

なぜこんなところにいるのかと考えて、すぐに思い当たった。松之助が目を向けていたのは、臼杵屋《うすきや》の建物と材木だった。間口も狭いし、立てられている材木も他と比べて、品薄感があった。

別に材木屋の店の前で立っていたところで、それだけならばどうということはない。しかし凜之助の心の臓が少しの間きりりと締められるような気がしたのは、そこが事故死した兄鉄之助が調べを行っていた店の一つだったからだ。

ここに立てかけられていた材木が倒れて、鉄之助は命を失った。

二年前、将軍家の菩提寺の一つである無量山伝通院寿経寺の本堂修復に際して、材木納入に関する不正疑惑が起こった。その折のことが、凜之助の脳裏に蘇《よみがえ》ってきた。

当時凜之助はまだ部屋住みで、調べに関わったわけではなかった。鉄之助の様子を見ていて感じたことや、後に町奉行所へ出仕してから分かったことで、事件のおよそを摑んだ。

事故なのか、殺害されたのかは不明のままだが、実兄の命が失われたことは間違いない。他人ごとではなかった。

材木の納入は、入札制によるもので、深川仙台堀南河岸冬木町《ふかがわせんだいぼりみなみがしふゆきちょう》の峰崎屋《みねさきや》と日本橋本材木町四丁目の臼杵屋などの材木問屋が名乗りを上げていた。

徳川《とくがわ》家ゆかりの寺院の本堂修復にあたって、材木を納入するということは、材木問屋としての格と評判を一気に引き上げる。その後の商いがやりやすくなるのは明らかだ。

峰崎屋は新興の材木問屋で、これから商いを伸ばしてゆく足掛かりにしたいと考えていた。だから主人の勘五郎《かんごろう》は、受注には店の命運をかけていた。

結果として落札したのは峰崎屋だったが、臼杵屋はそこに不正があったと見做《みな》していた。臼杵屋の主人平右衛門《へいえもん》は、町奉行と寺社奉行に訴え調べは行われたが、不正はなかったとされた。

そして探索に当たった鉄之助は、事故に遭って亡くなった。

倒れた材木の下敷きになった形だが、松之助は事故に見せかけた殺害だと踏んでいた。けれども調べた詳細は、担当の与力や同心には伝えたらしいが、それ以外の者には知らされなかった。

「さしたる調べではなかった」

鉄之助の死後、与力や同心は告げた。

それでは納得しない松之助は、独自に調べに当たった。そこで、怪しげな者として峰崎屋勘五郎と修復にあたって差配した作事奉行神尾陣内《かみおじんない》の名が挙がったが、関与の確証は得られなかった。

松之助は町奉行から呼び出された。

「この件には関わるな」

と告げられたのである。上からの圧力で、定町廻り同心ではどうにもならなかった。

松之助はその段階で、凜之助に家督を譲った。

「町奉行所に失望したのであろう」

その話を凜之助にしたのは、北町奉行所例繰《れいく》り方《かた》与力の井戸次郎兵衛《じろうべえ》だった。次郎兵衛は朋の弟の子で、松之助とは従兄弟《いとこ》となる者だった。

松之助はそのあたりの顚末《てんまつ》については、凜之助には一切話さない。そして鉄之助が好きだった小鳥の籠作りに精を出した。

井戸は、鉄之助が関わっていた事件について、何かを知っていそうだが語りたがらない。調べの幕を閉じた町奉行への忖度《そんたく》があると察しられた。

「おかしいぞ、あれは」

郁三郎はそう言った。すでに定町廻り同心として出仕していたから、何かを感じたらしい。しかし詳細は何も分からない様子だった。

伝通院に材木を納入した峰崎屋は、その後材木屋としての信頼を得た。商いを大きくして繁盛をしていた。そして名の挙がった神尾陣内は、今では作事奉行から出世して、京都《きょうと》町奉行を務めるようになった。

この役を無事に務めて江戸へ戻れば、大目付《おおめつけ》や江戸町奉行、御留守居《おるすい》といったより重い役に昇進する。

「神尾は、猟官《りょうかん》のための金子《きんす》が必要だったのではないか」

勝手な推量だとした上で、郁三郎が口にしたことがあった。

入札ができなかった臼杵屋は、店の勢いがなくなった。平右衛門は昨年亡くなり倅が後を継いだが、細って行く商いをどうにか守っているという状態だった。

河岸道に立って臼杵屋の建物を見詰める松之助の姿を見詰めながら、凜之助は呟いた。

「やはり今でも、父上のお気持ちは治まっていなかったのだな」

凜之助は呟いた。

「返らぬことを悔んでも仕方がないと気づいたのであれば、何よりのことだ」

父が隠居の届を出してしばらくした頃、井戸次郎兵衛が口にしていた。けれどもやはり、治まりがついていたわけではなかったようだ。

少しして、松之助は臼杵屋の前から離れた。どうするのかと、凜之助はつけた。日頃は影の薄い父の過ごしように関心があった。

父が行ったのは、格子戸のついた小料理屋で若葉《わかば》という店だった。きちんと掃除がなされていて、軒下には瓢箪《ひょうたん》型の提灯がかけられていた。安い店ではなさそうだ。

中を覗くと、まだ他に客はいなかった。そろそろ夕暮れどきになろうかという刻限になっていた。

「いらっしゃいませ」

器量よしの中年のおかみと若い娘が、声を揃えた。

凜之助は黒羽織を脱いで店に入り、松之助が上がった小上がりの前に立った。

「お一人ですか」

「そうだ」

「私も、お相伴《しょうばん》にあずかれますか」

父と二人で酒を飲んだことはなかった。凜之助は酒好きというほどではないが、下戸ではなかった。

「よかろう、上がれ」

向かい合って座ると、松之助は酒と煮しめを注文した。

「跡取り様ですか、凜々《りり》しいご様子で」

おかみがお愛想を言った。松之助は常連の客らしい。

「まあ、飲め」

酒が運ばれて、互いに猪口《ちょこ》に注ぎ合った。少しばかり鳥籠の話をしてから、凜之助は調べをしている讃岐屋殺しの内容について話した。松之助は、すでに大まかなところは知っていた。

「与一郎は怪しいが、おまえの言う通り、長屋へ戻ってきたらやっていないのかもしれぬな」

「捕らえられる怖れがあるからですね」

「讃岐屋を恨む者を探せば、己の名が挙がるとは、誰でも気が付くだろう」

「まさしく」

「しかしな、己に調べが及んでいないと考えていたら、戻るのではないか」

「そう考えるでしょうか」

「姿を消せば、かえって怪しまれると思うかもしれぬ」

「なるほど」

自分よりも、読みが深かった。

「ただそやつが戻ったとき、長屋の女房達が変な動きをしなければよいな」

「気づかれたら、逃げますね」

お喋りな者も、面白がる者もいるかもしれない。定町廻り同心が訪ねて来たと知れば、やっていたなら、逃げようとするかもしれない。

「女房達に見張りを依頼したのは、軽はずみだった」

猪口の酒を飲み干してから言った。

「父上は、讃岐屋の件を、どこでお聞きになりましたか」

「忍谷からだ」

「さようで」

これには少しばかり驚いた。郁三郎は押し付けただけで、知らぬふりをしているのだと思っていた。

「それにな、網原殿の娘ごからも聞いたぞ」

三雪には、事件の概要を話した。養生所で、父を亡くした稲吉の面倒を見てもらっているからだ。

「あれは、よい娘だ。母上が勧めるだけはある」

「……」

「しかしな、文ゑが勧めるお麓も、悪くない」

いつの間にか、こんな話になった。少し慌てた。

「しかし私はまだ」

「早くはないぞ、そろそろ妻帯をしてもよかろう」

「それで父上は、どうしろと」

「わしは何とも言えぬ。おまえが良ければ、それでよかろう」

と言われても、朋や文ゑが勧める縁談は、うるさいとしか感じていなかった。三雪やお麓を、取り立てて思う気持ちはない。

そもそも朝比奈家は、朋や文ゑ、その弟子たちという老若の女に溢れていた。姉の由喜江も口うるさかった。そういう中で、凜之助は過ごしてきたのである。

女は、もういい。男だけの剣術道場へ行くと、ほっとした。嫁取り話は、それ以上にはならなかった。

三

「朝比奈様」

翌朝、凜之助が町奉行所へ行くと、小者から声をかけられた。南小田原町の長屋の女房から、与一郎と九助が早朝帰ってきたとの知らせがあったとか。

同心詰め所には、郁三郎もいた。聞いていても、動く気配はなかった。

「その役目は、その方に任せたからな」

まるで他人事のような言い方なので、腹が立った。昨夜父と飲んだとき、調べの模様を話したと聞いたから、もう少し気持ちがあるのかと期待した。しかしやる気のなさは、これまでと同じだった。

今日は朝から曇天。北風も吹いている。郁三郎は詰所に置かれた火鉢に、しがみついていた。

「何を仰せか。もともとは郁三郎殿のお役目でござる」

「いや、付火の件があるゆえにな」

と返してきたが、有無を言わさず連れ出した。同道しないなら手を引くと脅したら、しぶしぶついてきた。付火の方は容疑者の候補が複数上がっているらしいが、決着にはまだほど遠い模様だった。

凜之助にしてみれば、それはそれだ。

長屋の木戸門を潜ると、井戸の傍《はた》に三十絡みの男がいて洗面をしていた。近づく二人の同心に気づいた様子だった。

「九助だな」

「そうですが」

歳からして、凜之助はそう判断した。

「そのほう、四日前の夕刻から後、どこで何をしていたか」

告げられた九助は、はっとした顔になった。洗面用の小桶の水を、こちらにぶちまけてきた。

「くそっ」

声を上げた。そして逃げ出した。

「やはりやっていたか」

心の臓が熱くなった。

「追ってください」

郁三郎に声をかけると、凜之助は与一郎の部屋の前に駆け込んだ。場所はすでに聞いていた。

声をかけるのももどかしい。いきなり建付けの悪い戸を、力任せに横に引いた。中に人気はないが寝床は敷かれたままで、手を触れると暖かかった。反対側の雨戸が開いていた。

「気づいて逃げたな」

履物のまま上がって、部屋を通り抜けた。周囲に目をやる。すると長屋裏手の崩れかけた垣根から、素足の男が外へ出て行こうとする姿が見えた。慌てている。与一郎に違いなかった。

「待てっ」

凜之助も、崩れかけた垣根の部分に駆け込んで、長屋の敷地から外へ出た。

男は脇目もふらず、建物と建物の間の細い路地を駆けて行く。置いてある漬物樽を、巧みに避けた。立てかけてあった盥《たらい》を蹴飛ばした。気にせず、そのまま裏通りに出た。なかなかにすばしこい。俊足だった。

凜之助も負けない。足には自信があった。

前を行く者や来る者を、すり抜けて追いかけてゆく。近づいたかと思うと、荷車や駕籠《かご》が現れ邪魔だった。

それでも徐々に間を詰めた。ここで逃がしてしまえば、与一郎は二度と長屋に戻らないだろう。調べの手立てがなくなる。

男は、現れた青物の振り売りを突き飛ばした。笊《ざる》にあった野菜が、地べたに散った。

「あいつは盗人だ。手がすいている者は力を貸せ」

十手《じって》を振りながら声を上げた。すると道端にいた若い衆が二人走り寄って、逃げる男の前に立ち塞がった。青物屋も加わった。

逃げ場を失った男が立ち止まったところで、凜之助が追いついた。

背後から襟首を摑んで、ぐいと引き寄せた。足を掛けると、体は横転した。手足をばたつかせたが、のしかかって押さえつけた。そして腕を捩じり上げた。

「その方、与一郎だな」

「へ、へえ」

腕に力を入れると、男は頷いた。

「手間をかけさせおって」

長屋へ戻ると、郁三郎も九助を捕えていた。

「その方ら、讃岐屋から二十一両を奪い、主人と訪ねてきた者を殺したな」

郁三郎が、厳しい口調で問い質した。

「と、とんでもない」

二人は驚いた顔で、首を横に振った。

「ではなぜ逃げた」

郁三郎は睨みつけた。なかなか凄味があって、いつものやる気のなさは微塵も感じられなかった。別人のようで、少し見直した。

「いやそれは」

返事ができない。ただ背筋を震わせた。

郁三郎は与一郎と九助を殴りつけた。容赦をしていない。手慣れた様子だった。与一郎は口の端が切れ、九助は目の周りが赤く腫れた。さらに髷《まげ》を摑んで頰を張ったが、白状をしなかった。

なかなかしぶとい。押し入っているからだと凜之助は受け取った。容易《たやす》くは白状をしないだろう。

殴っても仕方がないと感じたのか、郁三郎は二人に告げた。

「いいか。その方らは、讃岐屋への押し込みの嫌疑がかかっているのだぞ」

「讃岐屋ですって」

九助は、きょとんとした顔になった。与一郎は、口をぱくぱくさせた。慌てている様子だが、声が出ない。

定町廻り同心が現れた理由に、気づいたらしかった。

「与一郎には恨みがあるからな。二人を殺し、二十一両も手に入れたのであろう」

郁三郎が決めつけた。

「ま、まさか」

「正直に申さねば、石を抱かせるぞ」

と脅した。聞いた与一郎は、体を強張らせた。

「違うならば、はっきり申さぬと死罪は免れぬ」

凜之助が口を出した。二人の驚き慌てる様子は、金を奪い、人を二人殺して逃げ去った賊にしては、小者ではないかという印象があった。

「ひょっとして、やっていないのではないか」

とここに至って初めて感じた。

「それは」

与一郎が呻いた、まだ迷っている。

「ともあれ、讃岐屋襲撃の下手人として、大番屋へ連れて行こう」

短気な郁三郎が言った。

「お待ちくださいまし」

与一郎が言った。

「確かに讃岐屋には恨みがあります。話を聞いて、ざまあ見ろとも思いました。ですが、私たちはやってはいやせん」

「そ、そうです。他の場所にいやした」

九助も続けた。ことの重大さに気づいたらしかった。殺しの下手人とされてはたまらない、というところだろう。

「だからどこにいたのかと、訊いておったのだ」

郁三郎が怒鳴りつけた。与一郎は九助に目をやってから、重い口を開いた。ようやく、腹が決まったらしい。

「深川の賭場にいまして」

霊岸島の地回りの兄貴分で、三十三間堂町《さんじゅうさんげんどうちょう》界隈を縄張りにする地回りがいた。四日前の晩から、地元で大きな賭場を開いていたのである。二人はそこへ、手伝いに行っていたのだとか。

九助は壺を振り、与一郎は客への応対など手伝い仕事をした。常とは異なる過分な銭を貰った。

「博奕はご法度なので、言えませんでした」

新川河岸の酒蔵の前でたむろをしていた者たちが、攻撃的な態度に出たのもそれならば頷ける。

「では、深川の地回りや子分たちは、その方らが賭場にいたと話すわけだな」

「いや、それは」

怯えた顔になった。深川の地回りは、同心に賭場の存在を明らかにしたがらない。それを認めれば、自分の手が後ろへ回る。

「知りやせんねえ」

と返すに決まっていた。そうなると二人は、どこにいたのかという話になる。また口を割った与一郎や九助を、親分はそのままにはしないだろう。

与一郎らは、それを怖れたのだ。ともあれ大番屋へ連れて行き、留め置くことにした。

四

ここで凜之助は、深川三十三間堂町界隈へ足を向けることにした。深川の東の外れにある町で、もう少し東へ歩けば木置場へ出る。

三十三間堂は、京都蓮華《れんげ》王院《おういん》を模して創建され、老若の江戸の町の者たちから崇敬を受けた。参道には参拝客を相手にした商家が続き、近くには女郎屋が並ぶ一角もあった。与一郎と九助が出向いたのは、そのあたりを縄張りにした地回りのところだった。

「では後は、凜之助に任せるぞ」

郁三郎は、付火の件があるとして行ってしまった。逃げ足は速かった。

三十三間堂の参道には、参拝客のための茶店や土産物屋が連なっている。屋台店も出ていた。

町の地回りや子分に訊いたところで正直に答えるわけがない。そこでまずは、参道の屋台店の親仁に問いかけた。

「さあ賭場と言われてもね。あたしには縁がないので」

本当に縁がないのか、知っていて地回りを怖れて口にしないのか、そこは分からない。しかしそう返されると、次に行くしかなかった。町の者を、十手で脅して喋らせるのは躊躇われた。

四人目で、賭場について、出入りをしているらしい者を知っていると告げた者がいた。唐辛子売りだそうな。

そこへ行って訊いた。三十代半ばの、かな壺眼の者だ。

「あっしは知りませんよ」

余計なことを喋って、地回りの子分に睨まれるのが怖いらしい。

「その方から聞いたとは言わぬ」

「でもねえ」

「何かあったら、役に立つぞ」

となだめて、何とか口を開かせた。

「四日前の夕刻から、三十三間堂近くのどこかで、大きな賭場が開かれたっていうのは噂で聞きました」

詳しいことは分からない。

そこで、馬場《ばば》通りにいた遊び人ふうを捉まえて問いかけた。堅気の衆に強請《ゆすり》をかけていた無宿者ふうの破落戸である。

やはり口にするのを嫌がった。

「その方、無宿者だな。人足寄場《にんそくよせば》へ送るぞ。そうなったら、三年は戻れないぞ」

と脅して喋らせた。相手は堅気の者ではない。

「四日前から、町内の空蔵で大掛かりな賭場が開かれたのは間違いありやせん」

さすがに三年は辛いと思ったようだ。

「その方も、行ったのか」

「へえ。あっしは少しばかり。大店の旦那衆も、来ていたようで」

大金が動いたらしい。

「では、土地の親分の子分以外の者も、手伝いに来ていたのだな」

「そうだと思います。見かけねえやつもいましたから」

与一郎らは、嘘を言っていないかもしれなかった。

「九助とか与一郎という名を聞かぬか」

「さあ」

壺ふりは何人かいて、手伝いの者はさらに多くいたそうな。覚えていないとしても不思議ではない。

大きな博奕が行われたのは間違いなかった。しかし凜之助は、それをどうにかしたいわけではなかった。

与一郎と九助の犯行をはっきりさせたいだけである。地回りの子分を喋らせるのは、手間がかかるだろう。今日はこれで、深川から引き上げることにした。


この日、殺された米助は、回向院《えこういん》に無縁仏として葬られることになっていた。いつまでも、遺体をそのままにはできない。無縁ではないが、残されたのが六歳の子どもだけではどうにもならず、町役人が対処した。

葬列に加わったのは長屋の者だけだから、うら寂しいものだった。風が冷たかった。僧侶が叩く鉦《かね》の音が、胸に響いた。

凜之助は、これに同道した。まだ顔を見ていなかったが、六歳の子どもを憐れだと思った。まだ風邪は完治していない。

それでも稲吉は出たいと言ったそうな。

町の者が養生所へ駕籠を出し、迎えに行った。三雪は、綿入れを着せて出してきた。弔いの間中、小さな体を縮こまらせて俯いていた。父親が殺害された状況について尋ねたかったが、さすがにできなかった。

そして夕刻、凜之助は八丁堀界隈へ入ってから屋敷へ帰る前に、網原屋敷を訪ねた。三雪に会いたいと伝えた。

高熱で寝込んでいた稲吉の様子を、聞きたかったからだ。

ただ訪ねるに当たっては、多少の戸惑いもあった。『縁談を勧められている娘』ということが頭にあるからだ。

訪ねる理由はあったが、朋や文ゑから何か言われそうな気がした。とはいえ、聞いてはおきたい。

「どうぞお上がりくださいませ」

玄関先に現れた三雪は、やや強張った顔で告げた。

「いやここで」

こちらから押し掛けたのである。上がらず、まず今日あった米助の弔いについて伝えた。

「無縁仏も仕方がないですね。いつまでもそのままにはできませんから」

悲しそうな表情になった。弔いの様子は、稲吉を送って来た者からも聞いたとか。

それから凜之助は切り出した。

「稲吉の容態についてお聞かせいただけぬか」

それで三雪は、来意を納得したらしかった。

「熱もだいぶ下がり、話もできるようになりました」

「ならば、何よりだ」

まずは順調な回復を喜んだ。

「あの子には、生きる力があります。あれだけ重症でしたのに」

「うむ。怖ろしいことや、悲しいこともあったわけだからな」

「はい。話しかけても、いまだに笑顔を見せることはありません」

当然だと思われた。治れば養生所を出なくてはならないが、親を亡くして、行く当てはなかった。たとえ六歳でも、それは考えるだろう。不安がないわけがない。

「稲吉は、襲った賊の顔を見ているはずだが、覚えているであろうか」

「さあ。高熱でしたし、怖かったでしょうから」

「明日行って、訊いてもよろしいか」

探索には必要だと告げた。三雪は、少し考えてから返した。

「稲吉が嫌がったり、怖がったりしなければ」

「もちろんだ」

何としても聞きたいが、無理強いはできない。とはいえ幼くても、父親を殺した相手を、憎んではいるだろうとは思った。

仇《かたき》を討つために訊くのである。

「では明日、養生所へまいろう」

用件だけで帰るのは憚《はばか》られたので、流行風邪の様子について訊いた。

「前よりは、いく分治まったかと思われます」

「これまでは、たいへんであっただろうな」

手伝いに行っていた三雪を、ねぎらったつもりだった。一日働いても、駄賃を得られるわけではない。

「いえ、それほどでは」

わずかに恥じらいを見せた。朝比奈屋敷ではしっかり者としてしか見えていなかったから、意外だった。

凜之助はそれで、網原家を辞した。もう少し話したい気もしたが、話す内容が浮かばなかった。

五

翌日、町廻りを済ませた凜之助は、小石川養生所へ足を向けた。白山《はくさん》御殿の跡地で、周囲は御薬園《おやくえん》になっている。

建物はそれなりの広さがあったが、粗末なものだった。古材木で、あちらこちらを修繕していた。やっと立っているような木戸門はいく分傾いていて、強風が吹けば飛んでしまいそうに見えた。

それでも入口には、診察を求める風邪の患者が列をなしていた。年寄りや幼子が目につく。幼子が、泣き声を上げていた。普段ならば腕白らしい十歳ぐらいの男児が、ぐったりとして母親の体に寄りかかっている。

「ようこそ、お越しくださいました」

三雪は引き締まった表情で出迎えた。口を白布で覆っていて、白衣姿だった。流行風邪の者が次々に現れる。罹患を防ぐためだろう。医者や看護をする者が罹患しては、治療に差し障りが出る。

早速病間へ向かった。

稲吉の様子次第だが、いろいろ聞きたいことがあった。だから稲吉は、個室に移したとか。その方が話しやすいだろうという、三雪の配慮だ。

患者が寝ている病間の前を通った。二十畳ほどの部屋に、十四、五人が床を延べていた。

「受け入れなくてはならない患者が多いので、いつもより詰めています」

その部屋は流行病の患者だった。他にも病間があった。風邪だけでなく、ありとあらゆる病の者が枕を並べていた。

「もっと広い建物があって、お医者の数も増やせればいいのですが」

三雪は言った。公儀から与えられる限られた金子で賄わなくてはならないから、いつも火の車だと付け足した。廊下は、歩く度に軋《きし》み音を立てた。

昨日弔いから帰った稲吉は、夕刻からまた高熱を出したとか。心にある怖れが、熱を出させたに違いなかった。

稲吉が寝ている部屋は六畳間で、隅にたたまれた薄っぺらい布団が積んであった。わずかに、かび臭いにおいがした。

「今朝になって熱も下がり、話ができるようになりました」

寝床を挟んで、凜之助と三雪が向かい合う形で座った。稲吉は目を閉じていたが、気配に気づいて目を開いた。

「三雪さま」

微かな声を漏らした。そして凜之助に目を向けた。こちらが何者で、何のために来たかは、すでに三雪から聞かされていた模様だ。驚きはなかった。

「快復に向かっているのは、何よりだ」

凜之助は、穏やかな口調にして声をかけた。

「……………」

何か言おうとしたが、声にならない。顔を歪めた。

「父《てて》ごは、無念なことになった。悔しいであろう」

告げると、稲吉の目に涙が浮かんで溢れた。六歳でも、父を失った悔しさはあるはずだった。

声を出さずに、唇を噛んで泣いた。三雪が、掻《か》い巻《ま》きの上から体を撫でてやった。

泣きたいだけ泣かせる。涙が治まったところで、凜之助は問いかけをした。

「父ごを襲った賊の顔を見たか」

はっきりさせておかなくてはならない。

「うん」

背負われていたから、至近の距離だったはずだ。しかしここで、またしても涙を見せた。恐怖が蘇ったのだろう。

凜之助は問いかけを止めて、泣き止むのを待った。三雪が、手拭いで涙を拭いてやる。それから問いかけを続けた。

「では、二人の顔を覚えているな」

「ふ、二人いたかどうかは、分からない」

分かるのは、近くで見た一人の顔だけらしい。高熱だった稲吉は、賊が二人いたかどうかも分からなかったようだ。

「ではその顔を、見て確かめられるか」

どきりとした表情になった。

「怖いよ」

体を震わせた。これは当然だろう。

「隙間から見るだけだ。稲吉が覗いていることは、向こうには分からない」

与一郎と九助の顔を検《あらた》めさせたい。

稲吉はしばらくの間返事ができなかったが、覚悟を決めたように言った。

「たぶん、だいじょうぶ」

父親を殺した者を探すためだと分かっている。ならばできることはしたいという気持ちらしかった。

「では早速」

凜之助は、郁三郎にも同道させた上で、与一郎と九助を大番屋から小石川養生所の薬園に連れて行った。

「どうしてこんなところへ」

与一郎と九助は得心が行かないらしかった。

「つべこべぬかすな」

郁三郎は、一喝した。それで口を閉じた。余計なことを言って、殴られでもしてはたまらないと考えたのかもしれない。

縛ったままの二人を庭に立たせた。あたりを見回している。母屋の連子窓《れんじまど》の隙間から、よく見える場所だ。

建物の中では、凜之助と三雪が連れ添った。凜之助が体を抱いて持ち上げ、連子窓から外が見えるようにした。

稲吉が「あれだ」と言えば、事件は一気に解決に向かう。違うなら違うと、はっきり言うようにと告げていた。

「あの者たちの、どちらかではないか」

稲吉は、必死の面持ちで目をやった。親の敵である。生唾を呑み込んだ。凜之助も三雪も、息を詰めた。

しばらく目をやっていたが、稲吉は肩を落とした。見ていただけでも、疲れたらしかった。

「どっちでもない」

「そうか」

これで調べは、振出しに戻った。稲吉を病間に戻した。

「無念でございますね」

三雪が、ねぎらってくれた。凜之助の失望が、見て取れたからだろう。

「仕方がない」

己に言い聞かせるつもりで返した。郁三郎もがっかりした様子だった。

与一郎と九助は大番屋へ連れ戻し、深川方同心の手に引き渡す。大規模な博奕があった。調べるならば、そちらの役目だ。

六

「あてが外れましたね。稲吉の見間違えではないでしょうか」

どこかにまだそんな気持ちがあって、凜之助は郁三郎に言った。

「あの子は、賢いぞ。それに背負われていて、間近で顔を見たのは間違いない」

言われてみれば、もっともだ。与一郎らの、賭場に住み込んだという証言は嘘ではなさそうだ。

「往生際が悪いぞ」

と郁三郎が続けた。

「ならば、どうすればよいでしょうか」

これだと見ていたものが外れて、先の目当てがつかなくなった。

「他にも恨みを持つ者がいて、行方が知れぬ者などがいた。そこを当たるのだ」

「はあ」

どれも今一つ、これという手応えがなかった。だから与一郎を本命としたのである。

他にも、見落としている者があるのか。

「骨惜しみをするな」

とやられて、むっとした。これはもともと、郁三郎が当たるべき調べだった。まだ続けてやらせるつもりらしい。骨惜しみをしているのは、郁三郎の方ではないか。

苦情を言おうとしたが、さっさと行ってしまった。少しでも気を抜くと、姿が消えてしまう。

してやられた気持ちはあるが、ここで止めてしまうのも、本意ではなかった。ここまでやってきたのは自分で、郁三郎はこちらが声掛けをして、仕方がないといった面持ちで手伝っただけだ。

これまでの調べで、与一郎を含めて九人の容疑者の名が挙がった。しかし内神田小柳町の下駄職親方や浅草田原町一丁目薪炭商いの横瀬屋の兄弟などは、犯行日の同時刻にどこにいたか、居場所がはっきりしていた。

それきり調べ切れていないのが三軒あった。それが下谷御数寄屋町の乾物商い安房屋と駒込追分町の種苗商い伊勢屋で、どちらも行方不明だった。もう一つが、根津権現門前町の甘味屋飯尾屋の主人で、居場所を証明したのは家の者だけだった。

「嫌疑の晴れない三軒を、もう一度洗い直すか」

それしかなさそうだ。

凛之助は、根津権現町へ行った。根津権現は、徳川家六代将軍家宣《いえのぶ》の産土神《うぶすながみ》である。目当ての甘味屋には、権現様の参拝客がそれなりに入っていた。

水茶屋や料理茶屋もあるが、参拝を済ませた老若が、一休みするには都合のいい店といえた。

小火を起こして家を焼き、その修繕の金が必要で、讃岐屋から借りた。初めに借りた額はさしたるものではなかったが、催促をされないのでそのままにしていた。その間に、利息が利息を生んでいた。

返せなくて土地と店舗を手放して、その場所を借りて商いをしていた。それなりの客はついていたから、讃岐屋から借りなければ自前の店のままだった。恨みはあるだろう。

まずは木戸番小屋の親仁に尋ねた。

「五日前のことでございますか」

すでに、だいぶあいまいになっているらしい。首を捻《ひね》ってから答えた。

「昨日は出かけていきましたが、その前の数日は、夕方以降に外出した姿は見ませんが」

見張っていたわけではないが、女房も目にしていなかった。とはいえ、町木戸を通らなくても、他の町へ行くことはできる。

近所の者も、町から出たと証言する者はいない。また破落戸ふうとの付き合いもなかった。

甘味屋の証言は覆せないままだ。暮れ六つ近くまで歩いたが、姿を消した安房屋も伊勢屋も行方知れずのままだった。

無念の気持ちで八丁堀の屋敷へ戻った。

式台を上がろうとすると、すぐに文ゑが姿を現した。厳しい表情をしていて、凜之助は驚いた。

『何かしでかしたか』と考えたが、思い当たらない。

「そなた夕べ網原家へ赴き、三雪どのを呼び出したそうですね」

冷ややかな口ぶりだ。怒っている。家人に話した覚えはないが、いつの間にか知られていた。

「いや。調べごとで、養生所へ行かねばならぬ用がありました」

手短に用件を話した。

「ならば網原さまを訪ねればよい。三雪どのを呼び出すことはあるまい」

「それはそうですが」

剣幕にたじたじとなった。

「三雪どのでなくてはならない、取り立てての思いでもあるのか」

「いえ、そのようなことは」

首と手を横に振った。

「ならばなぜ、不用意に呼び出すのか」

「浅慮でございました」

と詫びた。不用意ではないと返したかったが、それを口にすれば長くなる。頭を下げても小言を続けられて、冷や汗をかいた。寒空のもとを帰ってきたが、体が火照った。離れて行ったときは、ほっとした。

するとすぐに朋が姿を現した。

「あのような言い方など、せずともよいのに。思い通りにならぬと、ああなる」

凜之助を慰める言い方だ。機嫌は極めて良かった。

「どこへ行こうと、誰と会おうとそなたの勝手でありましょう」

「まあ」

「あの者は、そなたが三雪どのに近づくのが気に入らぬのです」

「………」

「度量が狭い。だから町家の出は、扱いにくい」

「いやそれは」

「気にすることはない。三雪どのはよき娘ごじゃ。親しくするがよい」

朋にもなぜ訪ねたかわけを言おうとしたが、聞かなかった。朋も文ゑも、話が一歩進んだと受け取ったらしかった。朋は、三雪から聞いたらしい。三雪は他意はなく、ただ伝えただけだろう。

「ううむ」

どうにか平穏を保ってきた朝比奈家に、波風が立とうとしている。しかも凜之助のことでだ。

厄介なことになった。

第三章　雨の養生所

一

　小鳥の声で目覚めた凜之助は、一日の動きについて考えた。

「疑わしい者は、他にはいないのか」

　断定はできないが、甘味の飯尾屋の主人はやっていない気がした。押し込んで殺すほどの恨みとは感じない。

　恨みの強さでいえば、与一郎の他にもいる。行方知れずになっていた者については、土地の岡っ引きに、町に戻って来ていないか探らせたが、その気配はないという報告を受けていた。

　そうなると怨恨ではなく、ただ金が欲しくて狙った者がいたのではないかという気がしてきた。そのあたりでは、まだ調べをしていなかった。

だとしたら賊は、事前に讃岐屋の様子や七左衛門の動きを探ったのではないか。行き当たりばったりの押し込みとは思えなかった。

すでに事件のあった夜から七日目になっている。日が経てば記憶は薄れるわけだから、聞き込むならば、早いうちでなくてはならない。

朝の内、屋敷の中はいつもと違った。凜之助が三雪を訪ねた件は、治まる気配がなかった。

朋と文ゑがやり合うわけではないが、女中のお妙は、気を使っている。そのために硬くなって、皿を一枚割った。

「あいすみません」

朋に両手をついて謝った。

「皿は、いつかは割れるものです。気にしなくてよろしい」

と告げた。しかしそこへ文ゑが顔を出した。

「この皿は、私が嫁入りをしたときに持ってきた、特別誂《あつら》えの品です。どうしてくれますか。あなたがぼんやりしているからです」

朋の前で、お妙を叱りつけた。朋が許したことなど、まるで気にしない様子だった。

「細かいことを」

聞こえよがしに言うと、朋は台所から出て行った。文ゑの顔が、能面のように動かなくなった。こうなると怖い。

食事をしていた凛之助は、慌てて茶碗の飯をかっこんだ。早々に食事を済ませた松之助は、何事もないように鳥籠作りに精を出した。

凛之助は、早々に屋敷を出た。

門から外に出で、ほっと息を吐《は》いた。自分が種を蒔《ま》いたのだから、お妙には済まないことをした。

とはいえ受け持ちの町廻りを始めると、屋敷のことは忘れた。済んだところで、本郷二丁目に足を向けた。

讃岐屋は七左衛門の葬儀を済ませ、今は商いを再開させている。風呂敷包を抱えた疲れた様子の武家の新造が、藍暖簾を潜って店に入って行った。手拭いを頭からかぶり、顔を隠すように端を口にくわえていた。

左隣は、扇子を商う店だ。中年の番頭に問いかけた。

「讃岐屋さんを探っていたような人ですか。いたかもしれませんけどねえ」

ため息を吐《つ》いた。本郷通りは、武家や町人あらゆる者が通る。旅人も少なくない。

その中には怪しげな者もいるが、いちいち気に留めていたら暮らしてはいけない。答えようがないらしかった。

右隣は、筆墨を商う店である。若旦那が対応したが、扇子屋と同じような返答だった。どちらにも、訪ねて来て讃岐屋について問いかけをした者はいなかった。

「町のことは、よくやりましたよ。でも暮らしぶりは派手でしたね。お金があると見られたんじゃないですかね」

若旦那は言った。料理屋から仕出しを取る。女房は高そうな絹物の着物と帯で、近所から羨ましがられたそうな。

木戸番や他の並びの商家でも尋ねた。すると刻み煙草を商う店の女房が、買い物に来た客について、気になることを口にした。

「お代をいただいた後で、少し話をしたんです」

話題は流行風邪のことになった。

「そのお客さんのおかみさんが、数日寝たきりで困っているとか。それで寝込んでいる人がいる店はどこどこか、ということになりました」

「店の者が罹って女房が世話をしている話をしたわけだな」

「そうです」

それはたいへんだと同情したそうな。

三十歳くらいの中どころの商家の主人か、大店の番頭といった気配の者だったとか。煙草を買った後での話である。

やり取りをしたのは、事件のあった前日のことだ。

「そのついでみたいな感じで、讃岐屋の奉公人がどれくらいいるか訊かれました」

他にも罹っていないかという話の流れの中でである。買い物のついでの話だから、さして気にも留めなかった。

「怖い感じの人ではありませんでした」

それだけならば気にはなるが、怪しいほどではない。

さらに凜之助は、讃岐屋へも行った。まずは仏前に線香を上げた。総無垢紫檀《したん》の仏壇は、重厚だ。同時に殺された米助には、仏壇などない。俗名を記した白木の位牌があるだけだった。

凜之助は、生きていたときの七左衛門を知らない。質屋や金貸しは、困った者に金を貸すことを稼業とする者だ。急場を凌《しの》いで助かる者もいるが、讃岐屋の客は、身を持ち崩した者が目についた。

跡取りと番頭は、質屋と金貸しを再開させている。

「押し込み前に現れた、不審な者ですか」

「うむ。襲う前には、当然調べをしただろうからな」

「なるほど」

跡取りと番頭は顔を見合わせてから、首を捻った。

「客としても、来たかもしれぬぞ」

二束三文の質草を、高く売ろうとする者はいる。不届き者だが、そういう小者は押し込みの中に含まない。

「そもそも質屋へ来るのは、人に知られたくない場合もあります」

「いかにも、それはそうだろう」

様子がおかしい者は、少なくないと言いたいらしかった。盗品を持ち込む者もいる。それと分かれば、質屋は手を出さないのが普通だ。

何人か名を挙げさせたが、しっくりしなかった。そもそも怪しげな者は、名など名乗らない。

そこで凜之助は、刻み煙草の店で女房から聞いた話を思い出して口にした。歳の頃三十くらいで、中どころの商家の主人か大店の番頭といった風情の者だ。見た目は怪しいものではないが、一応口にしてみた。

すると跡取りが頷いた。

「そういえば」

事件の前日のことだ。話に出た外見の者が、銀煙管《ぎんぎせる》を持ってやって来た。

「対応したのは、おとっつあんでした」

跡取りは、ちらと見ただけだ。顔はほとんど覚えていない。

「それでどうした」

「こちらが付けた値がお気に召さなかったようで」

「安物だったのか」

「いいえ。なかなかの品だと、おとっつあんは言っていました」

ただ言い値は相場以上で、何を言っても譲らなかった。

「身なりが立派なのに、質屋へ来るのはなぜであろう」

「いろいろ事情が、おありなのだとは存じます」

凛之助の問いに、番頭が苦笑いをしながら答えた。質屋は品物の吟味はしても、客の事情には関わらない。

「その者の名や住まいは分かるか」

「初めて見えた方で、存じません」

品を預かれば綴りに残すが、そうでなければどこの誰かは分からない。界隈で見かけたことはないとか。

　値が気に入らず、質入れせずに帰る客は珍しくなかった。

「どのような煙管だったのか」

「私はちらとしか見ていませんが、父は丁寧に見ていました」

「何か言わなかったのか」

「聞きました。銀製で菊模様の深彫り仕様、金の象嵌《ぞうがん》があったとか」

「上物だな」

「はい。作者は鋒山《ほうざん》なる彫り師で、銀煙管の愛好家の中では知られた者だそうです。私は知りませんでしたが」

　長く使った品ではなかった。

「では常ならば、どれほどの値をつけるのか」

「二両から三両といったところだそうです」

　七左衛門がどのような値をつけたかは分からない。客はそれ以上の値を付けたということか。とはいえ、不審な客とは言えなかった。愛着のある品ならば、少しでも高く売りたいだろう。

「他にはいないか」

不審な客をあえて挙げさせると、微禄の御家人ふうを挙げた。貧相な身なりで、歳は三十代半ばくらい。家宝の脇差という触れ込みだったが、見ると鈍刀《なまくら》だった。

「粘られましたが、鄭重に申し上げてお帰りいただきました」

これも初めての客だ。賊が二本差しだったという話はないが、差していなかっただけかもしれないし、様子を探りに来たのかもしれなかった。事件の前々日のことである。しかし番頭ふうも御家人ふうも、これだけで押し込みの仲間とは考えられない。ただ店の様子を探りに来たと考えれば、頷けなくもない。疑い出せば切りがなかった。

確かなものはないから、気持ちが揺れた。

面倒な事件に関わってしまった。押し付けて何とも思っていない郁三郎が恨めしい。

二

朝、養生所へ出た三雪は、すぐに稲吉の額に手を当てた。

「ああ、三雪さま」

稲吉は、顔を見るとほっとした表情になる。他にも患者はいて、たくさんの用があるから、稲吉だけにかまってはいられない。それでも、養生所の中にいるだけでほっとするらしかった。

昨日は、賊の顔を検めるということで、無理をさせた。さぞかし怖かっただろう。とはいえ怒りもあったから、必死で二人の男の顔を見た。

それでようやく下がった熱がぶり返した。しかし一夜明けて、熱はだいぶ下がっていた。強い子だと思う。

「昨日は、偉かったですね」

顔を近づけて、声をかけた。

「ううん。できることをしただけだよ」

それは強がりだ。昨日は握ってやった手を、強く握り返してきた。汗で濡れた手だった。ただ稲吉は、強がりを言わなければ、己を支えられないのかもしれないとも思った。

「熱も下がってきているし、じきに床上げができますよ」

励ますつもりで言った。すると、稲吉はどきりとした顔になった。そしてしばらく口ごもってから、小さな掠《かす》れ声で言った。

「治ったら、ここを出なくちゃいけないんだね」

それを聞いて、今度は三雪がどきりとした。

「この子は治った後、自分がどうなるか案じている」

と思った。六歳になれば、それくらいのことは考えるのかもしれなかった。駄々をこねることもできない。養生所へ入りたい患者はいくらでもいる。寝床が空くのを待っていた。

「治ったって、しばらくはここにいていいのですよ」

と返したが、いつまでもというわけにはいかない。その部分については、言葉を呑み込んだ。

稲吉にも、事情は分かるらしい。それきり口をつぐんだ。

他の患者が、三雪の名を呼んだ。話をしたい老婆がいて、痛みを訴えたい老爺《ろうや》がいた。医者の手伝いもする。

「稲吉は治った後どうなるのでしょうか」

一息ついたところで、父の善八郎に訊いてみた。

「あの子どもは、本郷竹町の裏店に住んでいた。そこの町役人が、一応引き取ることになる」

この手筈《てはず》は、すでに調えられていた。

「それでどうなりますか」

「町では、いずれ子どもが快癒することは分かっているゆえ、何か考えているであろう」

なるほどと思った。裏店育ちでも、人別帖《にんべつ》に名のある者だ。どうなるか決まっているなら、三雪は知りたいと思った。稲吉を安堵させてやりたい。また行き先が、好ましいものであってほしかった。

ほんの半刻（約一時間）のつもりで、養生所を出ることにした。出向く先は本郷竹町の自身番である。

「おや」

木戸門を出ようとしたとき、誰かに見られている気がした。門扉の陰に身を隠した者がいたように感じたからだ。これまでそういうことは、一度もなかった。

しかしもう、見えるところに人影はなかった。気のせいかとも思ったし、そこに人がいたとしても、何か悪さをしていたわけではなかった。

気持ちは急《せ》いていた。急いで戻って来なくてはならない。建物の出入り口には、診察を待つ人たちが並んでいる。

流行風邪は、まだ治まっていなかった。

足早に歩いた。武家地の道は、ひっそりとしている。聞こえるのは、烏《からす》の鳴き声くらいのものだ。落ち葉が、道端に溜まっていた。

稲吉のことは、凜之助も気にしている。定町廻り同心だから調べに当たっているのは間違いないが、役目としてだけでなく、犯行をなした者に怒りを持っていた。稲吉の証言を捕縛の手掛かりにしたいと考えているのは確かだが、都合よく使おうとはしていなかった。

その幼い心情を、充分に慮《おもんぱか》っていた。

「朝比奈家の嫁になってもらえたら」

書の師匠である朋から、言われたことがある。正式な話ではないが、朋は可愛がってくれていた。それはありがたい。

朋の指導は厳しいが、弟子の認めるべきところは認める。好き嫌いで区別をすることはなかった。

精進した部分が上達して褒められるのは、何よりも嬉しい。いつもきりりとしていて、傍《そば》にいると自分も気持ちがぴりっとした。

今でも稽古のある日は、養生所行きを遅くする。

凜之助は、定町廻り同心として真摯《しんし》に役目に当たっている。讃岐屋の一件についてもそうだ。だからこそ、役に立ちたい気持ちがあった。とはいえそれは、恋情というものではなかった。

　十八になって、そろそろ嫁に行かなくてはならない歳なのは分かっている。ただ実感はなかった。

　本郷竹町の自身番に着いた。詰めている書役に、養生所から来たことを告げた。

「稲吉の世話を見ていただいているそうで」

　笑顔を向けた。

　書役に問いかけた。

「稲吉のことは、考えています。ただねえ」

　と続きの言葉を呑み込んだ。うまくはいっていない気配で、三雪は息を詰めた。書役は事情を説明してくれた。

「孤児となった者は、いったん寺に預けることになります。近くに三念寺《さんねんじ》があり、そこになるでしょう」

　室町《むろまち》の時代からある真言宗《しんごんしゅう》の、由緒ある寺だとか。そこに住まわせて、奉公先を探すなり、子のない夫婦で貰ってくれる者を探すなりするわけだ。檀家《だんか》も相当数あって、それらは探す手伝いをする。

「当てはあるのでしょうか。六歳では、奉公は無理だと思いますが」

「ええ。ですから、貰っていただける方を探しているのですがね」

けれどもなかなか都合よくはいかないらしい。

年齢や性別など、夫婦によって求めるものが異なる。条件が合って顔合わせをしても、うまくいかないこともあった。

また怪しげな者に、子どもを引き渡すわけにはいかなかった。親を亡くした子を、さらに不幸にしてしまう。寺には半年以上行き場がなくて、残っている者もいるそうな。

「そのままいなかったら、どうなりますか」

「三念寺で小坊主になってもらうことになりましょう」

「そうですか」

稲吉が望むかどうかは分からないが、それしか手がないならば、受け入れざるを得ないだろう。僧侶として生きることは、不幸ではない。稲吉次第だ。

町では、何もしていないわけではなかった。決まるまでは、付き合ってあげようと三雪は思った。

三

讃岐屋で訊いた翌日も、凜之助は町廻りを済ませた後で本郷界隈へ出た。さらに周囲を回って、讃岐屋を探った者がいないか聞き込むつもりだった。

町内を片っ端から廻って、讃岐屋について探った者がいないか訊いた。するともう一軒、犯行の前日の蕎麦屋で、讃岐屋について話題にした者がいたのが分かった。

二人の職人ふうで、酒を飲みながら讃岐屋の吝《しわ》い貸しぶりについて話していたとか。

だがこれはないと思われた。

近日襲うつもりがあるならば、それを人前で話題にするわけがない。

「おや」

本郷通りには讃岐屋だけでなく、他にも何軒か質屋があった。近場の質屋での聞き込みはしていなかった。

銀煙管を質入れしようと考えたのならば、讃岐屋以外にも顔出しをしているはずだった。高値が付けば、手放す腹だ。

「いえ。銀煙管をお持ちになった三十年配の番頭ふうの方は、見えませんよ」

鋒山の品ならば、それなりの値で引き受けたと対応した主人は言った。

「それでは家宝の品だと言って、脇差を持って来た者はいなかったか」

「それならば、見えました。鈍刀《なまくら》でございましたが」

すでに十日近くになるが、よく覚えていた。侍はあれこれ値を引き上げようとしたらしい。粘られたが、引き取らせたとか。

「いくら武士の魂でも、値にならぬ品はいりません」

侍は銭が欲しかったのだろうが、対応した質屋も受け入れられないものは断るしかなかった。

三軒目の質屋でも、御家人ふうは顔を見せたとか。

「ああ、銀十匁でお引き取りしました」

侍は不満らしかったが、前の三軒ではすべて受け入れられなかった。銀十匁でも精いっぱいだったとか。

三十前後の番頭ふうは、讃岐屋にだけ銀煙管を持って行った。値に折り合いがつかなかったが、他へは行っていない。

「金子が欲しかったのならば、他にも行ったのではないか」

凜之助の頭に浮かんだ疑問だ。侍はそうしていた。

念のため、凜之助は近くの古道具屋へも足を向けた。仏具や簞笥《たんす》などかさばるものから櫛《くし》や簪、煙草入れや根付《ねつけ》、煙管も置いていた。

「いえ、お見えになっていません」

老主人は言った。鋒山が彫った銀煙管ならば、忘れるわけがないと胸を張った。

「銀煙管を持った番頭ふうは、やはり讃岐屋を探りに行ったのであろう」

と思うに至った。他に考えようがない。

ただどこの誰なのか、見当もつかなかった。七左衛門は客を相手にして、倅にも番頭にも、銀煙管以外については何も言わなかった。前に因縁がある者だったら、そのことを伝えただろう。

次に凜之助は、見廻り区域内の神田の煙管屋へ話を聞きに行った。ここの主人とは顔馴染みだ。

朝比奈家には煙草を吸う者はいないから、煙管については何も分からない。尋ねるには都合の良い相手だ。

香りのよい茶と饅頭をふるまってくれた。歩き回った後なので、甘いものはありがたかった。

「鋒山作とはいっても、実物を見ないとなんとも言えませんがね」

とした上で、純銀製で菊模様の深彫り、金の象嵌がある鋒山作の品ならば、二両や三両はするだろうと言った。品によっては、五両以上の値もつく。

「たかが煙草を吸う道具ですが、贅沢をしたい客はいます」

「では、持ち主を探せるか」

期待をした。煙管から賊に繋がるならば、大助かりだ。

「それは無理でしょう。鋒山は、その手の品をいくつも拵えています」

実物がなければ話にならないと言われた。間近に目にしたのは、七左衛門だけだ。

「では鋒山に訊けば、話が早いな」

「いえ。鋒山は、今年の夏に亡くなっています」

「そうか」

唯一の手掛かりだから、がっかりした。すると主人が、補うように言った。

「鋒山の品は、ご府内の二軒の店が扱っているだけです。高齢でしたから、この二、三年は拵える数も減っていました」

だから値も、少しずつ上がっていた。

「では、何か分かるかもしれぬな」

「まあそうならば、よろしゅうございますが」

期待はするなと、目が言っていた。ともあれ店の屋号と場所を聞いた。

まずは、京橋柳町《やなぎちょう》の店に行った。京橋川の北側で、繁華とはいえないが、落ち着いた中どころの商家が並んでいる。

煙管の専門店だから、間口はそう広くはない。しかし店の造りは重厚だった。

「菊模様の深彫りですか。鋒山さんとしては珍しいですね」

龍や虎、馬、鼠など、勢いのある生き物を彫ることが多かった。花を彫らなかったわけではないが、菊は珍しかった。

「うちで扱ったのも、少ないですよ」

ないわけではない。商いの綴りで調べてもらった。この四、五年では、菊模様は三本だった。

「では、売った相手は分かるか」

期待を込めて訊いた。

「お名を伺ってお答えくださった場合は書き留めますが、そうでなければ、無理やり聞くことはできません」

「なるほど」

名と住まいが分かったのは二人で、京橋の呉服屋の隠居と神田の大工の親方だった。

早速行ってみた。買ったもう一人は、名乗らなかった。

「菊は珍しかったので、買いました」

呉服屋の隠居は、自慢げに品を見せてくれた。三両したそうな。凜之助には煙管の良し悪しは分からないが、意匠は見事だと思った。菊の細かい花びらが、丁寧に彫られている。

とはいえ隠居は、犯行があった日の夕刻以降には、居場所がはっきりしていた。町の旦那衆の寄り合いに出ていた。

大工の親方も、銀煙管を見せてくれた。犯行のあった日には、新しく建てる家の施主と打ち合わせをしていた。

讃岐屋とは縁もゆかりもない者だった。

もう一軒、鋒山の品を扱ったのは、深川馬場通り黒江町《くろえちょう》の煙管屋巴屋《ともえや》だ。深川一の繁華な通りに面している。東に目をやると、富岡八幡宮《とみおかはちまんぐう》の一の鳥居が聳えていた。

ここも間口こそ広くないが老舗といった風情の店で、素人目にも見事だと感じる品が並べられていた。

店先にいた若旦那が対応した。

「この数年で、うちで扱った菊模様は二点です」

売った相手の一人は、馴染客だった。湯屋の隠居で、腰が曲がった者だとか。それでは押し込みはできない。

「もう一人のお客さんは、訊いても名乗りませんでした。でも売ったときのことを覚えていますよ」

若旦那が言った。二年半くらい前だそうな。

「話してもらおう」

「ええ。あのお客さんは、初め鋒山を知りませんでした。そこで菊が珍しいことなどを伝えました」

他の品も合わせて、三本を勧めたとか。客の番頭ふうは、それぞれ手に取って、いろいろな角度から品を確かめた。重さや触り心地も検めた。

「いかがなさいますか」

買う気はあるとみて、声をかけた。どれにするか、悩んでいた。

「これにしよう」

と、改めて手に取ったのが、鋒山の菊の銀煙管だった。二両と銀四十匁の正札がついていた。

「顔を覚えているか」

「そうですねえ」

品を売りたかっただけで、客に関心があったわけではない。若旦那は首を傾げた。

「おぼろげですね」

と返された。歳は二十代後半で、番頭ふうの身なりだったとか。七左衛門が見た銀煙管だとは決めつけられないが、鋒山の銀煙管は京橋柳町と深川黒江町の店でしか売られていない。

讃岐屋へ行った可能性は大きかった。

「旦那も、煙草をお吸いになってはいかがですか。いいものでございますよ」

若旦那は、商売熱心だった。

四

凜之助には、もう少しのところまで来ているという感触があった。けれどもそのもう少しが、どうにもならない。

鋒山の銀煙管の持ち主は、讃岐屋を探りに行ったと推量できる。やり取りをしながら、店の様子を探ったのだろう。七左衛門に不審を抱かせなかったのは、上出来だった。

ただ確証はないから、推量ばかりを繋げているという危うさはあった。

夕暮れ時、調べを切り上げて、凜之助は永代橋《えいたいばし》を西へ渡って行く。彼方にあるお城の向こう、地平に近いあたりが朱色に染まっていた。お城の姿が、黒い影になって浮かんでいる。

足元にはすでに薄闇が這っているが、少しばかり眩しかった。

橋を歩く、忙しない履物の音が耳に響いていた。帰りを急いでいるのだろうと思うと、腹の虫がぐうと鳴った。

そのとき前を歩く商人ふうと娘の二人連れがあった。これを追い越したところで、凜之助は声をかけられた。

「朝比奈様」

追い越した、商人ふうの方からだ。

「おお、そなたは」

西日が当たっていて、顔はすぐに分かった。質屋三河屋清七《せいしち》と娘のお麓だった。三人は欄干際に寄って立ち止まった。

「娘が、お世話になっております」

清七が、お麓が文ゑから裁縫を習っていることの礼を口にした。そして問いかけてきた。

「深川へ、何か御用でございましたか」

文ゑが嫁にしたいと考えていることについては、触れてこない。正式な話ではないから当然だろう。文ゑがお麓に話しているのは間違いないが、清七や当人がどう思っているか、こちらには分からない。

「ちと、調べねばならぬことがあって」

「たいへんでございますな」

二人は、親類の家へ行った帰りだとか。

三人で歩き始めた。帰る方向は同じだ。お麓は一歩後ろを歩いた。

凜之助が讃岐屋事件の調べに当たっていることは、知っている様子だった。

「同業の惨事でございましたから、他人ごとではありません」

「それはもっとも。早晩、捕らえるつもりでござる」

どうなるか分からないが、言ってしまった。とはいえ、その覚悟はあった。

「ぜひ、お願いいたします。このままでは、たいそう物騒でございます」

と返された。

「そうでござろうな」

今の段階では、賊の姿がおぼろげにしか見えていない。「早晩、捕らえる」と口にしてしまったことを後悔した。まだまだ胸を張る気持ちにはなれない。

深川へ向かう侍や町の者とすれ違う。辻駕籠も行き過ぎた。

ふと見ると、清七は煙管入れと煙草を帯からぶら下げているのが分かった。なかなかの上物のようだ。

「煙草を吸うのでござるか」

「少しばかり」

そこで、鋒山の銀煙管の話をした。詳しいことは言わないが、讃岐屋の件で、調べていると伝えた。

「鋒山ですか、上物ですね」

愛煙家というだけでなく、質屋でもあったから、清七は知っていた。菊の彫り物が珍しいことも向こうから口にした。

「煙管を質入れする方は、けっこういますよ」

もちろん持ち込まれる品は、上物から振り売りが扱うような安物まであった。質屋は煙管だけでなく、それぞれの品の目利きができないといけない。

「持ち主を探したいのだが、なかなか辿り着かず難渋をしており申した」

悔しさが、口から出てしまった。

「その銀煙管が、賊に繋がるかもしれないわけですね」

「いかにも」

「ふうむ」

清七は、少しばかり考える仕草をした。

「あまりあてにはなりませんが」

としたところで言葉を続けた。

「煙管を求めたのならば、当然どこかで煙草も買っているでしょう」

「それはそうですな」

「買う折に、手代や番頭と、煙管の話をしませんかね」

煙草好きは、おおむね吸う煙草が決まっていて、同じ店で買う者が多い。馴染みになっていたら、煙管の話もするだろうと言った。

「するでしょうね」

また煙草にも、いろいろな種類があると言った。

常州《じょうしゅう》久慈郡《くじ》赤土村《あかつちむら》（現在の茨城県《いばらき》金砂郷町《かなさごうまち》）でとれた赤土煙草か、上野国《こうずけ》（現在の群馬《ぐんま》県）の高崎《たかさき》煙草、大隅《おおすみ》国（鹿児島《かごしま》県）の国分《こくぶ》地方産の国分煙草が高級品として愛煙家に好まれているとか。もともとは異国からの品で、国産の煙草は長崎《ながさき》で初めて作られたという。ただこれは大味で、値は安いと話した。

おおよその愛煙家は、煙草の種類や煙管の話をするのが好きらしい。

「煙草を商う店で鋒山の銀煙管を話題にしていれば、覚えている者がいるかもしれませぬな」

当たってみてもよさそうだ。

「しかし煙草を売る店は、ご府内にはいくらでもあります。雲を摑むような話でございますね」

葉煙草を売る、振り売りも現れる。清七は謝ったが、無駄を覚悟で銀煙管が買われた深川黒江町の煙管屋巴屋近くからあたってもいいと考えた。

いつの間にか、八丁堀界隈に入っていた。

「かたじけのうござった」

凜之助は礼を言った。話をしている間、お麓は一度も口を挟まなかった。もちろん話は聞いていただろう。娘同士だとお喋りな印象があったが、思いがけなかった。

別れるときには、清七と共に丁寧に頭を下げた。

「早く賊が捕らえられますように」
と言った。大人びた印象だった。父親と一緒だとしても、いつもとは別人のようだ。女子《おなご》は、場に応じていろいろな顔をするのかと驚いた。

五

凜之助は翌日も町廻りを済ませた後、両国橋《りょうごくばし》を東へ渡った。海からの風が、首筋を冷やす。

昨日会った清七から聞いた話は、一夜明けても頭に残っていた。愛煙家だからこそ出た言葉だ。

本人も言っていたように煙草の買い手から探すのは、雲を摑むような話だ。しかし他に手立てがないのならば、当たってみるしかないという気持ちだった。

また夕暮れの中で見た、お麓の大人びた姿も、脳裏に残っていた。夕暮れどきの薄闇だからかもしれないが、落ち着いた印象だった。

昨日までは、会わなければ思い出しもしない相手だが、今日はいつの間にか頭に浮かんだ。

同時に、三雪の顔も浮かんだ。だからどうということではないが、初めてだ。

「どうもおかしいな」

凜之助は頭を振った。二人とも、朝比奈屋敷で見かける姿とはだいぶ異なるから、頭に残ったのだと考えた。

鋒山の菊模様の銀煙管が買われたすぐ近くに、刻み煙草を売る店があった。職人が、煙草の葉を刻んでいる。手早く、驚くほど細かく刻んでゆく。その姿をじっくりと見たのは初めてだ。

まずそこの敷居を跨いだ。するとすぐに、煙草のにおいが鼻を衝《つ》いてきた。吸っている煙ではなく、葉のにおいだ。

相手をしたのは初老の番頭だった。鋒山の銀煙管について詳細を伝えた上で、それを持つ客が訪ねてこなかったか問いかけた。

「立派な煙管をお持ちの方ねえ」

さすがに煙草屋の番頭だけあって、鋒山の銀煙管が高級品だというのは分かっていた。

「お客様の中には鋒山の銀煙管をお持ちの方はいますが、菊模様をお持ちの方はいないかと」

気づかないだけかもしれないがと言い足した。手代にも聞いてくれたが、見た者はいなかった。

「そういう煙管をお持ちの方ならば、煙草も上等品をお求めになるでしょうねえ」

番頭は言った。

「上等品で売れるのは、どのような銘柄か」

「そうですねえ、やはり常陸《ひたち》の赤土煙草か、大隅の国分煙草といったところでしょうか」

その話は、前にも聞いた。店の引き出しに、銘柄と値が記された紙が貼ってある。売れ筋の品には、文字の横に朱墨で丸印がつけられていた。

四軒目の店で、反応があった。

「赤土煙草をお求めの方で、鋒山の銀煙管をお持ちの方がいます」

「ほう。近くで見たのだな」

「いいえ。お持ちになっているのを目にしただけで、手に取って見たわけではありません。ただそう伺いました」

持っていたのは、近くの太物屋の隠居だった。早速出向いたが、銀煙管の柄は、菊ではなく桜だった。

聞き込んで行く間にそれらしい者もいたが、すべて当てが外れた。そして深川元町《もとまち》まで来て煙草屋へ入った。

「そういえば見えましたねえ」

若旦那が答えた。井筒屋《いづつや》という店だ。

「鋒山の銀煙管で、菊模様だったのだな」

「そうです。近くで見たので、間違いありません」

半月ほど前で、初めて買いに来た。

「それまでは赤土煙草を吸っていたそうですが、国分煙草を勧めました。試しに吸っていただいて、気に入って買ってくださいました」

気持ちがそそられたが、その客は名も住まいも分からない。歳は三十前後で、どこかの番頭といった外見だった。それきり姿を現してはいないそうな。

「でも、覚えていることはあります」

「何か」

「ほんの少しなのですが」

若旦那は言いにくそうな顔をしてから続けた。

「お召し物から、魚油のにおいがいたしました」

「そうか」

魚油にまつわる商いをしている者と受け取れる。あるいは魚油を、何かの用で使ったのかもしれない。

ただ魚油商いの店や、それを使う商人も本所深川だけでも数えきれないほどあった。行燈《あんどん》には菜種油を使うが、高価だ。庶民や屋台店では、照明には魚油を使う。赤い炎で煤《すす》が出る。においもするが安価なので、多くの者が使った。

だから魚油を扱う店は、江戸の至る所にあった。一応、気持ちには留めて置くことにした。

そして八丁堀の屋敷に帰ると、面倒なことになっていた。式台に上がると、怖い顔をした朋に呼ばれた。

小部屋で向かい合った。

「そなたは、ずいぶんとだらしのない人ですね。がっかりいたしました」

何を言いたいのか意味が分からなかった。今朝までは上機嫌だった。へたな返事はしないで、様子を窺う。

「昨夕は、お麓と一緒だったそうですね」

「まあそれは」

「どういうことですか。先日は三雪どのを誘っておきながら」

それが不満だと分かった。早耳なのにも驚いたが、それで怒っている。裏切られたとでも感じているのか。あるいは二股をかけたとでも考えているのか。

だとしたら、不本意だ。

「いやあれは、三河屋清七殿も一緒で、たまたま永代橋を渡るところで会いました。それでいっしょに歩いただけです」

言い訳ではなく、あったことをそのままに話した。

「見た者によると、親しそうだったというではないか」

それも気に入らないらしい。

「いえいえ、探索についての話をしただけです」

清七の意見は参考になってありがたかったが、楽しかったわけではない。お麓とは、会ったときと別れるときに挨拶をしただけだ。

「なぜ三河屋などに、そのような話をいたさねばならぬのです。相手は捕り方ではなく、商人ですぞ」

何を言っても、素直には受け取られない。

「まことに、それだけのことでして」

剣幕に押されて、それ以上の言葉が出なかった。

「そなたは、松之助どのと似ていますね。都合が悪くなると、言葉が出なくなる」

「いや、申し上げた通りのことでして」

解放されるのに手間取った。冬だというのに、ひと汗かいた。

朋がいなくなったところで、文ゑが顔を出した。やり取りを、近くで聞いていたのかもしれない。

「気にすることはありませんよ」

上機嫌だった。先日とは、まったく反対になった。

父は知らぬ顔で、鳥籠作りに励んでいる。こういう時、父はまったく頼りにならない。今日は竹ひごを削っていた。何本削っても、太さにむらがなかった。修業を積んだ職人のようだ。

六

朝からしとしとと冷たい雨が降っていた。風はないが、背筋が震えるほど寒い。雪になってもおかしくはなかった。

「これじゃあ、せっかく治りかけた風邪が、ぶり返しちまうよ」

診察を待つ中年の女房が漏らした。吐く息が白い。

それでも流行風邪は、徐々に治まってきていた。とはいえ小石川養生所内に三雪が足を踏み入れた時には、風邪を含めた病の者が少なからず訪ねてきていた。氷雨《ひさめ》の中だから、薬だけ貰いに来た親族もいる。

「すっかり平熱になりましたね」

稲吉の額に手を当ててから、三雪は言った。熱もすっかり下がって、起き上がれるようになった。いつまでも寝かせてはおけない。

「では、寝床を空けましょう」

「はい」

稲吉にも手伝わせて、布団を入れ替えた。よくなったら、その場所は新たにやって来た容態のよくない者に与えなくてはならなかった。

小さい体で、息張りながら布団部屋へ運んだ。しばらくはここが、稲吉の使う部屋になる。

「おいら、養生所の手伝いをします」

稲吉が自分から、三雪に言った。幼くても、できることがないわけではない。親が診てもらっている間の子守りや掃除、患者が脱いだ履物を揃えるなどだ。入口の土間は、いつも脱いだ履物でいっぱいだ。

「病み上がりなのですから、無理はいけませんよ」

三雪は声をかけた。

正午過ぎになっても、雨は止まなかった。雨戸は閉めたままにしていた。

癪痛病みの母親を持つ蜆売りの倅が、薬を貰いに来た。薬を受け取ると、腑に落ちないという顔で三雪に言った。

「木戸門のところで、蓑笠《みのかさ》を付けた男が養生所の様子を窺っていました」

「病の方でしょうか」

入るのを躊躇う者もいる。ここでは治療費や薬代は、払えるだけは払わせるが、無茶は言わない。無料で診ることもある。しかし事情が分からない初めての者の中には、引け目を感じて足踏みをしてしまう場合があった。

「さあ、そうには見えませんでしたが」

目が合うと、薬草園の方へ行ってしまった。病人の歩みではなかったとか。

「町人ですかお武家ですか」

「長脇差を差していましたが、町人だと思います」

前にも尻端折《しりはしょ》りをした町人者が、養生所を探っていると告げた者がいた。気になった三雪は、木戸門のところへ行ってみたが、人の姿はなかった。

ただ嫌な気持ちだった。

今日は、養生所詰めの父も町奉行所へ行っていた。三雪は念のため医長の小川承《おがわしょう》舟《しゅう》に伝えたが、多忙で気に留めた様子はなかった。小川は貧富の違いで患者を区別しないが、医術以外のことには気を回さない。

「いつまで降るのであろうか」

止む気配のない空を見上げて、小川は言った。まるで夕方のように薄暗かった。診察室では、明かりを灯していた。

「おや。首筋に、冷たいものが落ちてきたぞ」

廊下を歩いていた若い医師が言った。

養生所の建物は老朽化している。もともと古材木で建てたものだ。修繕もおぼつかない。雨が降ると、あちらこちらで雨漏りがあった。

「はい。分かりました」

近くにいた稲吉が声を上げた。張り切った声だ。

稲吉は雨漏りを見つけると、そこに古桶や欠け茶碗などを置いて、急場しのぎをしていた。父親と暮らしていた長屋でもそうだった。

いつまでも養生所にいられるか分からないが、できるだけ長くいたいと思っていた。優しくしてくれる三雪がいる。

日にちが過ぎても、父親の顔が何度も頭に浮かぶ。熱が出た自分を背負って、医者にかける銭を得るために讃岐屋へ走った。

養生所へ来ることは、考えなかった。知らなかったのかもしれない。それは仕方がなかった。

父親は、医者代を何とかしようと考えていた。長屋の住人で、銭がなくて医者に診てもらえなかった者がいた。

「おいらが、熱さえ出さなければ」

と思うと、涙が出てくる。そういうときは、人のいないかび臭い布団部屋へ入った。泣いているところを、誰かに見られるのが嫌だからだ。

病人部屋の廊下に、新たな雨漏りの場所を見つけた。

「おや。まただ」

少し困った。母屋にあった古桶や欠け茶碗の類は、すべて使ってしまったからだ。

そこで稲吉は、物置小屋へ行って使えそうなものを探すことにした。物置小屋は、母屋からは四間（約七・二メートル）ほど離れている。

多少雨に濡れるが、急げばさして濡れることもない。

履物をつっかけ、思い切って雨の中に飛び出した。晴れているときならばどうということもない距離だが、雨だと様子が違った。急ぐと、泥濘《ぬかるみ》で足が滑りそうになった。

物置小屋には、雑多なものが置かれている。使い道の分からない医療のための器具もあった。稲吉は、蓋のない土瓶を見つけた。それを病人部屋の廊下に置くことにした。

土瓶を手に、再び雨の中に飛び出した。

半分くらいまで行ったところで、何かが近づいてくる気配を感じた。濡れるのは嫌だから、かまわず走った。けれどもそのすぐ後で、蓑笠を付けた大人がぬっと現れて、前を塞がれた。

急いでいた稲吉は、目の前の体にぶつかった。手にあった土瓶が、どこかへすっ飛んだ。

「わっ」

いきなり肩を掴まれた。もがいたが、強い力で外れない。あっという間に、体を抱えられた。

そのまま雨の中を走り出した。薬園の方へ向かっている。たちまちずぶ濡れになった。

「ぎゃあっ」

思い切り声を上げた。どこへ連れて行かれるかは分からないが、このままでは殺されると感じた。力の限り手足をばたつかせた。

すると雨で手が濡れているからか、地べたに落とされた。泥濘で、全身が泥まみれになったのが分かった。

それでも叫び声を上げるのはやめなかった。そして起き上がろうとした。力を入れた足が滑って、前につんのめった。

男はそこで長脇差を抜いた。稲吉は、泥濘を這いながら逃げた。顔がちらと見えた。布を巻いているが、鬼の顔に見えた。

雨を割って、長脇差が襲ってきた。必死で避けた。手足が滑ったのが、かえってよかった。

泥水がばしゃりと顔にかかったが、刀身は肩の横を行き過ぎた。ただ泥水を、ごくりと飲んでしまった。

けれどもそれで終わったわけではない。賊はまたしても、刀身を振り上げた。大きな体が覆い被さってくる。

這いながら後ろへ下がった。

「ああ、おとっつあん」

自分ではもう、どうにもならないと思った。と、そのときだ。

「ぞ、賊だ」

気づいた誰かが声を上げていた。棒を持った人が外へ飛び出したのが見えた。数は分からないが、一人ではない。

賊は振り上げた刀身を、そのまま打ち込んできた。しかし飛び出してきた者たちに目をやったので、鋭さがなかった。稲吉は泥濘の中を、横に転がった。

またしても刀身は、雨を斬っただけだった。

「くそっ」

賊はそれで、稲吉を襲うことを諦めたらしかった。水溜まりを弾き飛ばして、雨の薬園の中に逃げ込んだ。

「大丈夫か」

駆け付けて来たのは、若い医師と下男の爺さんだった。医師が、抱き起してくれた。

今になって、怖れで体が震えた。

額に手を当てられた。熱を測ったのだと分かった。


三雪はこのとき、医長の小川の手伝いで調剤室にいた。すると病間の廊下から、人の声高に叫ぶ声がきこえて、手を止めた。

騒ぎに気付いた三雪は、物置小屋に通じる廊下に出た。泥だらけになった稲吉が、養生所の下男に抱えられて連れられてきたところだった。医者も下男もずぶ濡れで、二人とも裸足だった。

慌てて飛び出したのに違いなかった。

「賊に襲われたんだ。危ないところだった」

下男が言った。物置に用事があって母屋を離れたら、稲吉の叫び声を聞いたのだとか。廊下には、通りかかった若い医師もいた。近くにあった棒を掴んで、二人で飛び出したのである。

「わあっ」

三雪の顔を見た稲吉は、泥だらけの体で泣きながら三雪の体にしがみついてきた。ここまで堪えてきたが、三雪の顔を見て我慢が切れたのだ。泥水で汚れた顔や髪を、押し付けてきた。

「怖かったねえ」

三雪も抱きしめた。

怪しい者の気配があった。にもかかわらず、何も備えをしなかった。

稲吉は、讃岐屋と父親を襲った賊の顔を見ている。盗賊にしたら邪魔者だ。襲撃があったとしても、おかしくはなかった。

「ごめんね、ごめんね」

ともあれ無事だった。三雪も泣きながら、稲吉を抱く腕に力をこめた。

第四章　恨みと怒り

一

　氷雨や雪が降った日でも、定町廻り同心は傘を手にしたり蓑笠をつけたりして町を歩く。こういう日に限って、何かが起こる。

　だから冬には、朝目覚めて雨音を聞くと、気持ちが怯《ひる》む。寝床から出たくなくなる。夏の炎天も辛いが、冬の寒空は身に染みた。気持ちを奮い起こして、凜之助は寝床から起き上がった。

　朋の機嫌は、まだ直らない。昨夜は、姿を見せなかった。何であれ、朝の挨拶だけは廊下からちゃんとした。閉じられた障子の中から返事はなかったが、それはかまわない。声をかけたことに意味があった。

雲に覆われた空を見上げても、止む気配はない。通りに出ると、人通りはいつもよりいく分少なかった。しかし氷雨だからといって商いをしないわけではないから、店の戸はどこもいつものように開いていた。

荷車は、濡れて困るものは幌《ほろ》を被せて運んだ。泥水を撥ね飛ばす。道には、深い轍《わだち》がいくつもできていた。

歩き始めると、足袋はすぐに濡れた。

醬油樽を積んだ荷車が、泥濘に嵌《はま》って動けないでいるのに出会った。引手と押手が息張るが、うまくいかない。

「手伝うぞ」

凜之助は後ろへ回って押してやる。なるほど、初めはびくともしなかった。

「やっ」

腰を入れ直して力をこめた。踏ん張った足が滑りそうになったが、腕の力は緩めなかった。

そしてついに、車軸が軋み音を立てた。二人ではどうしても動かなかったが、三人になって車輪が動いた。

泥濘から抜け出せた。

「ありがとうございます」

足首まで泥水に浸かったが、これは仕方がなかった。気にしないことにした。

「早朝、行倒れが出ました」

立ち寄った自身番では、書役が言った。寒くなると、珍しい話ではなくなった。気づくのが遅くなると、死なせてしまうこともある。

「どういう者だ」

「無宿人ですね。銭を持っていませんでした。腹が減った上に、この雨ですからね」

江戸では銭がなければ飯も食えず、一夜の宿も得られない。江戸へ出れば何とかなると期待をしたのだろうが、そうはいかなかった。日雇いの仕事を得られなければ、かっぱらいや無銭飲食をするしかなかった。

「それでどうした」

「熱い粥《かゆ》だけは食べさせてやりました」

それで町から出て行かせたそうな。暮らしの面倒を見るとなるときりがない。粥の費えも、町の者から集める町入用《まちにゅうよう》の中から捻出する。町の維持や運営に使うための金だ。書役の処置は、冷たいとは言えなかった。

町廻りを済ませてから、凜之助はいったん南町奉行所へ戻った。

「体の芯まで冷え切ったぞ」

凛之助が同心詰め所で小者が淹れてくれた熱い茶を飲んでいると、濡れ鼠になった男が駆け込んできた。小石川養生所から来たという。

「預かっていた子どもが、賊に襲われました」

賊は長脇差を抜いて、幼子を殺そうとしたとか。

聞いた凛之助は、どんと胸を突かれた気がした。とんでもないことが起こったとは思わない。

稲吉は賊の顔を、一人だけだが見ている。賊にしたら、相手が子どもでも捨て置けないと考えるだろう。狙われる虞《おそれ》がありながら、適切な対応ができなかった。しなかった。

「自分の落ち度だ」

と己を責めた。助かったのはせめてものことだ。とはいえ、このままにはできない。

三雪の父善八郎も町奉行所にいたので伝え、二人で小石川まで急いだ。

窮民を診る養生所だから、金子を得られる場所ではない。襲われるなどはこれまでなかった。善八郎は驚いていた。

蓑笠をつけていても、びしょ濡れになった。顔のしずくを拭いながら、凛之助と善八郎は養生所の建物の中に入った。

稲吉は、布団部屋に三雪と一緒にいた。

「無事で何よりだった」

顔を見て安堵した。三雪が手を握ってやっている。

「襲われたときの話をできるか」

「うん」

「怖かったであろうな。よく逃げた、立派だぞ」

まずはねぎらった。その上で、具体的なことを聞いた。

「ううんと」

そこで稲吉は言葉に詰まった。詳細を順番に口にできない。

「滑って、泥水で転んだ」

まずは覚えていることを、すべて言わせた。それから順序を揃えてゆく。

「小屋から外へ出たときに、男が襲ってきたわけだな」

「う、うん。いきなり、だった」

賊は、稲吉が外へ出るのを待っていたと推察できた。長脇差を抜いたのは間違いなかった。

「その折、何か言ったか」

「何にも」

賊は初めから、稲吉を狙っていた。攫《さら》って御薬園の茂みで殺すつもりだったが、暴れられて地べたへ落とし、そこで殺すことにしたのか。

「顔は見えたか」

「蓑笠で、か、顔には、布が、ついていた。でもあれは、鬼の顔だった」

「賊は一人か」

「他には、いなかった」

稲吉から聞き出すことができたのは、これだけだった。大きな体だったと言ったが、稲吉にしたら当然だろう。

次に襲撃を見つけた下男と、共に棒を手にして助けに出た医師から話を聞いた。

「雨で薄暗くて、人が敷地の中に入ったのは気付きませんでした」

稲吉が声を上げたので、事態に気づいたと下男が言った。賊は蓑笠をつけ、顔には布を巻いていて、年齢や身なりは分からない。尻端折りをして、草鞋履きだった。仲間はいなかった。

医者も、同じような供述をした。

三雪にも尋ねた。

「私は、医長の小川さまと調剤室にいました。そしたら廊下から声がして」

患者の出入り口では赤子も泣いていて、すぐには気づかなかった。賊だと知らされて、物置近くの廊下へ駆けた。賊の姿は見ていない。

「薬園に逃げられたら、もうどうにもなりません」

どこへでも逃げられる養生所は、白山御殿跡地の広大な御薬園の中にあった。樹木や常緑の草、枯れ残った草が繁っていて、人の姿を隠した。

「今さらではありますが、ここ数日で、養生所を探る気配の人はありました」

三十歳前後の町人だという。笠を被り、尻端折りをした格好だったので、商人か職人かは分からない。

「私が声をかけて、確かめればよかったのですが」

自分を責める発言になった。

「いや、そうではない。拙者が気を配るべきであった」

凛之助が返した。三雪が己を責めるいわれは何もなかった。

ただ過ぎたことは、どうにもならない。養生所内にいる者すべてに訊いたが、襲撃者に繋がる情報は得られなかった。

癪痛病みの母親を持つ蜆売りの倅が、三雪に話した内容は聞いた。

養生所のある御薬園は、武家地に囲まれている。目撃者を探すのは至難の業だ。しかも冷たい雨の一日だった。

蜆売りと、前にも不審な人物がいると告げた二人の名と住まいを教えてもらって、そちらへも聞きに行くことにした。

二人が目にしたのは、一昨日のことだ。不審者は一人で、二人連れではなかった。

「薬をもらうために、あっしが木戸門を潜ろうとしたら、扉の陰にいたんです」

「患者かとも思ったが、それなら診療口へ入って行くはずだ。でもその気配はまったくなかった」

ただ蜆売りにしたら氷雨で、さっさと用事を済ませたかったのだろう。見過ごしてしまった。顔は布で覆われていたかどうかはっきりしないが、長脇差を腰にしていたのは見えたとか。

外見からすれば、下男や医師が見た姿と重なる。

「稲吉を襲ったのは、その男であろうな」

凜之助は声に出して言った。ただ何者かの判断はつかない。

次の二人は、氷雨の中で見たのではなかった。下谷山伏町《やまぶしちょう》裏通りの荒物屋の隠居である。鄙《ひな》びた町の小さな店だ。

「見張っているような気がしただけでして」

何かをしたわけではなかった。尻端折りをしていたが、安物の着物ではなかったような。とはいえ羽織は着ていなかった。

「着物の色を、覚えているか」

「茶色っぽい色だったと存じます」

柄までは記憶になかった。菅笠《すげがさ》を被っていたので、顔は分からない。

最後は、浅草阿部川町《あべかわちよう》の田楽《でんがく》屋の女房だ。建物は傾きかけていて、裏通りの見るからに貧相な店である。

店の中に入ると、明かりに使っている魚油のにおいがした。壁や天井は煤だらけだ。壁に貼られた黄ばんだ品書きが、斜めになっていた。

男の様子は荒物屋の隠居と変わらないが、着物の色柄を覚えていた。

「どのような」

「色は梅幸茶《ばいこうちや》で、千筋《ちすじ》の縞の着物でした」

これまで、着物の柄を口にした者はいなかった。顔は覚えていない。

そして首を傾げた。

「どうした」

「あの色柄、どこかで見たような」

そう呟いた。

二

「どこで見たのか。手間がかかってもかまわぬ。思い出してもらおう」

凜之助は田楽屋の女房に言った。何とか思い出してほしい。

「そうですねえ」

落ち着かない様子であれこれ呟いて、やっと顔を向けた。

「魚油屋の店先だったと思うけど」

「ほう」

「うちは、店の明かりは魚油を使っています。安いですからね」

いつも同じ店で買うそうな。そういえば店に入ったときから、そのにおいはしていた。店の中が煤けているのは、そのせいだ。

「顔を見たか」

「いえ。店に入るときにすれ違いました。羽織の色柄だけ覚えています」

十一月の初めだそうな。様子では客ではなかったらしい。

「どこの何という店か」

「浅草三間町《さんげんちょう》の、常州屋《じょうしゅうや》という魚油の小売りです」

「そうか」

小躍りしたいような気持になった。田楽屋の女房が目にした者が、菊の銀煙管の持ち主だったら、調べは大きく進む。

店では、魚油の赤い明りを灯していた。黒い煤が上がっている。田楽につけた味噌が焼けるにおいが、鼻をくすぐってきた。すでに夕暮れどきになっていたが、常州屋へ足を向けた。

間口は四間で、魚油の小売りとしてはそれなりに繁盛している店らしかった。土瓶や樽を抱えた客がやって来る。量り売りで、売ってゆくのだ。大小の黒光りする升が積まれている。

初老の主人が相手をした。そこで凜之助は、色は梅幸茶で千筋の縞の着物を着た者に覚えはないかと尋ねた。

「はあ」

主人は困惑顔をした。それでも首を捻ったが、しばらくしてため息を吐いた。

「茶色の着物を着た方は、少なからずありますのでね」

色柄を告げられても、頭に浮かばないらしかった。すでにだいぶ日にちも経っている。

「それはそうだが」

「他に目立つものはありませんか」

「いや、それは」

見当がつかないから、調べは難航していた。店の奉公人にも訊いたが、これというものはなかった。

ぬか喜びだった。どうしたものかと考えて、もう一つ聞き込む相手がいることに気が付いた。

「菊の銀煙管について調べていたときだ」

国分煙草を勧めた客から、微かに魚油のにおいがしたと店の若旦那が話していた。深川元町の井筒屋という店だった。

銀煙管を持った男が賊ならば、稲吉を襲うのは当然の動きだ。稲吉が顔を見たことは、分かっている。

稲吉が小石川養生所に移されたことは、本郷竹町の者ならばかなりの者が知っている。その気になって調べれば、手間はかからなかったはずだ。

そこで凜之助は井筒屋へ行き、前に話を聞いた若旦那を呼び出した。

「れいの銀煙管を持った客だが、着物の柄を覚えているか。着物から、魚油のにおいがしたという者だ」

問いかけた。

「柄までは覚えていませんが、茶色っぽい着物だったかと存じます」

いきなり何事かという表情だったが、それでも真剣に思い出すふうを見せた。

「やはりそうか」

念のためだが、これで間違いないと考えた。

ただそれが讃岐屋襲撃にどう繫がるのか。明確なものがない。すでに暮れ六つの鐘が鳴っていた。

この頃になって、ようやく雨が止んだ。

翌日は晴れた。朝の内は風も冷たかったが、日が出てくると過ごしやすい。凜之助が洗面を終えて庭に目をやると、淡い桃色を交えた白い花がいくつも咲いているのが目についた。よく見ると山茶花《さざんか》だと分かった。

これまでも咲いていたはずだが、気が付かなかった。庭の花は、朋が手入れをしている。

昨日まで、朋の機嫌は最悪で朝の挨拶をしても知らぬふりをしていた。しかし今朝は、挨拶をすると返答があった。少しほっとした。

余計なことは言わず、じっとときのたつのを待つのがいいと、凜之助は改めて悟った。松之助もそうやって、朝比奈家の中で過ごしてきた。見習うべきだ。今日も朝飯を済ませると、余計なことは言わずに鳥籠作りを始めた。

凜之助は、早々に屋敷を出た。

いったん町奉行所へ顔を出してから、いつもの町廻りをした。済ませてからさてどうしようと考えて、ため息が出た。

昨日の稲吉を襲った者を探りたいが手立てはない。賊は雨の薬草園の中に消えてしまった。

そこで周囲の武家地にある辻番《つじばん》小屋で訊いてみることにした。六十過ぎとおぼしい爺さんが、居眠りをしていた。

「さあ、知らねえなあ」

問いかけると、不機嫌そうに答えた。

定町廻り同心は町地では絶大な力を持つが、武家地では不浄役人の扱いさえ受けることがある。辻番の番人も大柄《おおへい》な態度を取る者もいた。気にせず問いかけを続ける。

「昨日の七つ（午後四時頃）あたりねえ」

まともに考えてくれる者もいたが、何しろ昨日は終日薄暗い空での氷雨だった。気づいたと口にする者はいなかった。

凜之助は、道の途中で立ち止まった。賊かもしれない者が魚油に関わる者ということで、深川元町の煙草屋で訊いたが、その他にも魚油に関わる商いの者がいたのを思い出した。

「はて、どこの誰だったか」

すぐには名が出てこない。しばらく考えて、ようやく名が頭に浮かんだ。本所相生町の魚油問屋の番頭をしている茂次なる者だった。

浅草田原町の薪炭商い、横瀬屋の主人駒太郎なる者の弟だ。十四年前に讃岐屋から借りた金子のせいで店を失い、父親が首を括った。一時は怪しいと考えたが、容疑の者から外れた。

二人には浅草三好町の船宿宵月で飲んでいたことが、はっきりしたからだ。船宿のおかみが顔を見たし、ずっといたと証明した。

おかみは、兄弟とは無縁の者である。すぐに頭に浮かばなかったのは、そのせいだろう。

「しかしな……」

犯行現場へ行けない者ならば、話にならない。

「だが待てよ」

行方を探せていない者もいた。かつては困って讃岐屋から金を借りたが、今はどこかで盛り返して、あるいは盗人になって銀煙管を持ち赤土煙草などの高級煙草を吸える身分になった者が、他にいるかもしれない。

下谷御数寄屋町乾物商い安房屋と駒込追分町種苗商い伊勢屋が頭に浮かんだが、安房屋は九年前で伊勢屋は十五年前から行方知れずだった。

横瀬屋の駒太郎のように、手繰り寄せることはできなかった。

夕刻八丁堀の朝比奈屋敷に戻ると、木戸門から出てきたお麓と出会った。

「凜之助さま」

笑顔を見せて、歩み寄って来た。

「先日は、父ごには世話になった」

「いえいえ。おとっつあんは、熱心なお方だと褒めていました」

「いやいや、それほどでも」

照れくさい気持ちになった。まともに褒められるのは、気分がいい。

「それで、銀煙管の持ち主は、分かりましたか」

「いやそれがまだで」

深川元町で国分煙草を買ったところまでは分かったと伝えた。魚油についても触れた。

「もう少し、深川あたりを当たってみるつもりだ」

と伝えた。そして凜之助は、急に居心地が悪くなった。お麓と二人だけで話している姿を誰かに見られたら、極めて面倒なことになると気が付いたからだ。朋やその弟子ならばなおさらだ。

「それでは、これで」

挨拶もそこそこに、凜之助は門内に入った。その場に残したお麓には、少し済まない気がした。

三

朝、洗面を済ませたお麓は、母と共に朝食の用意をする。二歳上の兄清太郎《せいたろう》がいて、四人家族だ。他に通いの番頭と住み込みの小僧が二人いた。

数年くらい前から、食事の用意は母とした。朝比奈家の文ゑのもとで裁縫を習うようになったのは四年前からで、母が評判を聞きつけて、稽古を受けさせてもらうようになった。

裁縫は、得意ではなかった。

文ゑの腕は確かで、学ぶところが多かった。しかし文ゑのところに通うのは、その人柄によるところも大きかった。商家出身だけあって、堅苦しいところはない。しくじっても、「あはは」と笑うだけだ。不器用を責められたことはなかった。しかし手を抜くと見抜いて叱られた。

けじめをきちんとつける、しっかり者だ。

自分もそろそろ年頃なのは分かっている。凜之助とどうかと、文ゑにほのめかされたことがあった。

「そんなこと、まだ考えていませんよ」

と答えたが、考えたことがないわけではなかった。強い思いではないが、凜之助と祝言を挙げることになるのは、嫌ではなかった。

長身で、黒羽織姿はいつも颯爽《さっそう》としているように見えた。

ただ稽古に通う娘たちの間では、朝比奈家に嫁ぐのは三雪ではないかという噂が出ていた。これは書を学ぶ者だけでなく、裁縫を習う者の間でも言の葉に上った。

「ならばそれでいい」

押しのけてでもという気持ちはなかった。三雪のことはよく知らないが、ちらと見た感じでは嫌な印象はなかった。

きりりとした外見で近寄りにくいが、こちらを無視してはいない。挨拶をすれば、丁寧に返してくる。武家だからと、鼻にかけることはなかった。

凛之助とは、つい先日に父と三人で歩いて、捕物に真摯に当たっている姿を間近に目にした。傲慢ではなく、足りない点を認めた上で事に当たろうとしていた。

父もその真摯さを認めていた。

それで前よりも、凛之助のことが気になった。昨日も、稽古を済ませて屋敷から出たところで、凛之助と出会った。迷惑そうにも見えたが、きちんと探索の模様を話してくれたのは嬉しかった。

そして進まない調べの、手伝いをしたいと思った。出来ることに限りはあるが、役に立ちたい。

恋情ではないが、初めて男の人に関心を持った。すると胸がわくわくして、じっとしていられない気持ちになった。

では何をしようと考えて、銀煙管の持ち主を探そうと考えた。手掛かりは三つで、『魚油のにおい』と『鋒山《ほうざん》の菊の銀煙管』『赤土煙草か国分煙草を吸う者』だ。大店商家の番頭もしくは若旦那、あるいは中どころの商家の主人で歳は三十くらい、そんな見当であたる。

「見つからなくたって、もともと」

といった軽い気持ちだ。勝手にやることだから、しくじっても凜之助に伝える必要はない。うまくいったときだけ話す。

「では、どこへ行くか」

凜之助は、深川あたりを探ると言っていた。ならばお麓は、本所あたりへ行ってみようと思った。深川元町で煙草を買ったのならば、本所界隈に住まいがあったとしてもおかしくない。

本所へは、母に連れられて一度だけ回向院へお参りに行ったことがあるだけだ。少し緊張したが、その昂《たかぶ》る気持ちはときめきといってもよいものだった。

両国橋を東へ渡って、橋袂《はしだもと》の広場に出た。見せ物小屋や露店が並んでいる。昼間でも、店をひやかす者は多かった。

ただ東側は、西側よりも雑駁《ざっぱく》な印象があった。

「ねえちゃん、おれと遊ばねえか」

遊び人ふうが声をかけてきた。昼間から酒のにおいをさせて、口元には卑し気な笑みを浮かべている。

「ふん」

知らんぷりして、行き過ぎた。あんなやつを相手にしてはいられない。昼間で人が大勢いるから、怖くはなかった。

まず橋袂の広場に面した魚油屋の前に行った。中を覗くと、番頭らしい初老の男がいた。外に小僧がいたので、こちらに声をかけた。

「ここの番頭さんや若旦那は、煙草を吸いますか」

小僧は怪訝《けげん》な目を向けた。いきなり問いかけをして、怪しまれたのだと気が付いた。

「ごめんなさい。怪しい者じゃあないから」

笑顔を作ったが、小僧は不審の目を向けるばかり。慌てた。

「もし吸うんだったら、うちの店の煙草を買ってもらいたいと思って」

頭に浮かんだことを、苦し紛れに告げた。

「吸いませんよ」

不快そうな顔で言うと、店に入った。

「しくじった」

と呟きになった。見も知らぬ者から、いきなりとんでもない問いかけをされたら、驚き不審に思うだろう。それでは話を聞くことができない。

問いかけ方を工夫しなくてはと反省した。

次は町の木戸番小屋へ行って、女房から附木《つけぎ》を買った。そして魚油屋の場所を聞いた。附木などいらなかったが、あえて買った。愛想もよくしていた。

「赤土煙草や国分煙草といった上物の煙草を吸っている三十歳くらいの人は、この辺りにいますか」

「そんなことを聞いて、どうするんだい」

と問われて慌てた。

「おとっつあんが吸うもんだから」

と、自分でも意味が分からない返答をした。それでもこの辺りでは、横網町《よこあみちょう》と松坂町《まつざかちょう》、相生町にいると教えられた。

不慣れな土地なので、町名を聞いただけでは場所が分からない。行き方も訊いた。

まず行った横網町の舂米屋《つきごめ》では、小僧が道で水を撒《ま》いていた。前にしくじったので、今度は小銭を与えて、笑顔で問いかけた。

「はい。旦那さんがお吸いになるので、私が買いに行きます」

主人は三十歳くらいで、吸うのは高崎煙草だと答えた。他の煙草は吸わないというから、条件から外れる。

次は松坂町の荒物屋で、店先にいた小僧に訊くと、主人が吸っているのは赤土煙草だと分かった。ここも小僧が買いに行かされたとか。ただ数年来ということで、捜している者ではないと判断した。

三軒目の店は、相生町の干鰯《ほしか》〆粕《しめかす》魚油問屋で上総屋といった。廻った中では一番の大店だった。煙草は主人と二番番頭が吸うと、尋ねた小僧が答えた。

二番番頭が二十八歳だとか。番頭は、国分煙草だった。

中を覗いて、顔を確かめた。やり手の商人といった様子だ。手代に問いかけられてする返答は素早い。

ここでも小僧に銭を与えて聞いている。黙っていても続けた。

「番頭さんは良い煙草を吸います」

銘柄は、番頭が自分で買うので小僧には分からない。

「では、どんな煙管を使っていますか」

「ええと、銀煙管のいい物だと思います」

「見たことがありますか」

「あります。菊の模様でした」

聞いてお麓はどきりとした。とんでもないものにぶつかった気がした。心の臓が音を立てた。

「番頭さんの名は、何といいますか」

「茂次さんといいます」

他の小僧にも訊いたが、煙草の銘柄は分からない。茂次は、自分で煙草を買いに行くそうだ。しかし大きな発見だと思った。

早く凜之助に伝えたかった。

帰路、急ぎ足で東両国《ひがしりょうごく》の広場に出た。人が多い。避けて進んだつもりだが、どんと男の肩にぶつかった。

「ごめんなさい」

それで行き過ぎるつもりだったが、腕を摑まれた。

「このあま、てめえからぶつかって来やがって」

ぐいと引かれた。強い力だ。男は破落戸ふうで、四人いた。あっという間に囲まれていた。

「放して」

ぶつかったのはこちらが悪いが、話して分かる相手ではなさそうだった。目がぎらついていて、口元に嗤《わら》いを浮かべている。女が一人と見て、絡む気満々だ。

銭が目当てか、それとも……。

「ゆっくり話をしようじゃねえか。こっちへ来い」

腕を引かれた。人気のないところへ、連れて行こうとしている。そうなったら、何をされるか分からない。

「こいつら、人攫《さら》いだよ。あたしを連れて行こうとしているよ」

お麓は声の限り叫んだ。行き過ぎる人が振り返った。

「黙りやがれ」

手で口を塞ごうとした。その手に嚙みついた。食いちぎってやろうと思った。

「わあっ」

絶叫と共に、腕を摑んでいた手が離れた。破落戸たちは、お麓の反応に驚いたようだ。他の者たちは体を引いた。周囲の人たちが立ち止まっている。

お麓は破落戸と破落戸の間から、人混みの中に飛び出した。振り向きもしないで、一目散に両国橋に向かって駆けた。追ってくるだろうと、恐怖はあった。

橋を渡り終えたところで振り向いた。破落戸たちがつけてくる気配がないのを確かめて、一息ついた。

四

凜之助は、まだ行っていなかった深川界隈をくまなく回ったが、手掛かりを得られぬまま引き上げた。明日は本所界隈へ行くしかない、と考えた。

昼前、神田の見廻り区域内で二台の荷車がぶつかり、それぞれの荷が破損した。どう始末するか揉めて、夕刻に主人同士が話し合う。その場に同席してほしいと頼まれていた。

商人同士の悶着には、町奉行所は関わらないのが基本だ。だから勝手にしろと言いたいところだが、どちらの主人とも顔見知りだった。

町廻りをする定町廻り同心は、見廻り区域内の商家の旦那衆や職人の親方衆とはどうしても馴染みになる。そこで盆暮れになると付け届けがあった。各商家が商う品を持って来るのだ。

酒や味噌醤油、乾物から油、反物や足袋、履物といった身につけるものまでさまざまだ。一軒一軒では社交儀礼の内でも、数が多いと馬鹿にならない。朝比奈家でも、それらの品は買わないで済んだ。

同心の禄は三十俵二人扶持《ぶち》だが、こうした余禄があるので町奉行所の同心の暮らしはおおむね豊かだった。使わない品は、献残屋《けんざんや》に売って銭に替える。

大工職人だと、屋敷の修繕に来る。植木職人に垣根の剪定《せんてい》をしてもらったら、大助かりだ。暮らしに直接関わりのない職の場合は、調べに力を貸した。

評定所《ひょうじょうしょ》や作事方などの他組の同心ではそうした余禄がないので、同じ禄では食べてゆくのが苦しい。そこで内職に励むようになる。庭では野菜を育てるが、八丁堀同心の屋敷では花を植えた。

朝比奈家でも、一時長患いをする者がいて医薬代が嵩《かさ》み難渋した時期があった。けれども今は、病人もなく困っていなかった。

朋や文ゑの束脩や月々の謝礼などは、それぞれの小遣いにしている。松之助も鳥籠で得る代金は、家計には入れないで済んでいた。

付け届けを得たからといって、それで不正を見逃すわけではない。ただ商家同士などで悶着があったとき、顔出しを頼まれたら知らぬふりはできなかった。顔だけは出さないと、義理が済まなくなる。

商家にしても、交渉の場に定町廻り同心がいるのは都合がいい。理不尽なことを、強引に進めてくる者もいるからだ。

話し合いが終わったのは、暮れ六つ過ぎだった。

凜之助が八丁堀の屋敷に入ると、文ゑが傍に寄ってきた。口を耳に寄せてきた。

「三河屋のお麓どのが、お伝えしたいことがあるようです」

「はあ」

お麓とは昨日も話をしたが、わざわざ伝えられるような何かがあるとは思えなかった。だから面食らった。面倒なことは、御免だという気持ちがある。

朋の不機嫌はわずかに治まった気配だが、まだ直っていない。再び悪化するのは避けたかった。

「今からすぐ、三河屋へ行ってくるがよい」

近いから行くのに手間はかからないが、足が重い。

「いったい、どのような用で」

それによっては、明朝屋敷を出てから立ち寄ってもいいと思った。

「お調べに関わる、急ぎの用だそうです」

文ゑは、きっぱりと言った。定町廻り同心の妻の顔だった。お麓とは昨日、門の前で立ち話をした。どうやらそれに関わることらしい。

「では、おばあさまのことはよろしく」

言い残して、凜之助は屋敷を出た。日比谷町の質屋三河屋は、何度か前を通ったことがあった。

声をかけると、すぐにお麓が姿を現した。待ちわびていたのかもしれない。

「立ち話も何ですので、どうぞお上がりください」

と告げられて中に入った。迷ったが、大事な話だというならば聞いておこうと思った。わざわざ呼ばれたのである。

店脇の六畳の客間だった。すぐに茶菓が運ばれた。うまそうな練羊羹なので、早速いただいた。

食べながら、本所相生町の干鰯〆粕魚油問屋上総屋の二番番頭茂次の話を聞いた。

「なるほど」

呼んで知らせるだけの内容だった。確かめなくてはならないことはあるが、状況としては辻褄が合うと思った。

「しかしな」

労力を認め、礼を述べた上で凜之助は言った。

「茂次には兄がいて、一時は疑ったが、讃岐屋殺しの折には他の場所にいたことが明らかになっている」

「まことですか」

お麓は肩を落とした。

「しかしその言い分には、腑に落ちぬところがある」

凜之助が口にした。お麓を慰めようとして言ったのではない。

銀煙管を確かめなくてはならないが、状況から言ったら盗賊である可能性は大きい。ただ決定的な証拠ではなかった。

むしろ違うという決定的な証拠があった。

「ともあれ、当たってみよう」

凜之助は言った。

「それにしても、ここまで調べるのは、手間がかかったに違いない。危ない目に遭うことは、なかったであろうか」

自分は、なかなか辿り着けなかった。また東両国は、破落戸も少なくない。娘一人と見て、絡んでくる者がいたかもしれない。

「いえ。何も」

お麓はわずかに戸惑う様子を見せたが、すぐに笑顔になって答えた。屈託のない表情に見えた。

「ならばよい」

これで三河屋から引き上げた。

文ゑの手腕か、凜之助がお麓を訪ねた件は、朋には知られずに済んだ。ほっとした。

凜之助は翌日、相生町の上総屋へ足を向けた。竪川河岸に面して、商家が並んでいる。船着き場には、荷船が停まっていた。

敷居を跨ぐ前に、近所で茂次の評判を聞いた。

「商いには厳しいらしいですけど、腰の低い気さくな方ですよ」

二軒先の蠟燭《ろうそく》屋の隠居が言った。町内の他の二軒からも話を聞いたが、ここでは悪く言う者はいなかった。

それから凜之助は上総屋へ入った。現れた手代に、茂次を呼んでくれと伝えた。

「お忙しい中をわざわざお越しくださり、ありがとうございます。して、どのような御用件で」

茂次は愛想よく凜之助を迎えた。面差しが駒太郎に似ている。定町廻り同心が訪ねたのだから、讃岐屋を襲った賊ならば来意の見当はつくはずだった。前には兄駒太郎を、容疑者の一人として訪ねていた。話は聞いているだろう。

けれどもそういう気配は、一切見せなかった。

「いや。鋒山の銀煙管について、調べをしていてな」

「名品でございますね」

すぐに反応した。とはいえ鋒山の銀煙管と耳にした瞬間、ごく微かだが動揺があったように感じた。賊であるならば、鋒山の銀煙管で調べをしているとは気が付いていなかったのかもしれない。

「その方は持っていると聞いた。相違ないか」

「はい。持っていましたが、なくしました」

よどみない口ぶりだ。すでに動揺はどこにもない。

「なくしたとは」

「はい。つい一昨日のことでございます」

いかにも残念そうな顔をした。

煙管と煙草入れは、根付で吊るして腰に下げていた。歩いているうちに、いつの間にかその紐が切れていた。落としたと気づいて、念入りに通った道を捜して歩いたが、見つからなかったのだとか。

「手にも馴染んで、愛用していたのでございますが」

どこで買ったかも覚えていた。こちらの調べ通り、深川黒江町の巴屋だった。

「どのような意匠であったか」

「菊の深彫りでございます。鋒山作の菊は珍しいとか」

「そのようだな」

「めったにお目にかかれませんから、もしあるなら、他の品を見てみたいものでございます」

茂次は、鋒山の手による菊模様の銀煙管は珍しいが、他にもあると告げていた。

「何をぬかすか」

と思ったが、今は口には出さなかった。本当になくしたかどうかなど、分からない。しかし物がないとなると、この件で迫るのは難しくなる。とっさに口にしたのならば、したたかなやつだ。証拠を隠滅したことになる。

「上物の煙管ならば、さぞかし香りのいい煙草を吸っていたのであろうな」

吸っている煙草の銘柄を聞いた。

「国分でございます。私の唯一の道楽ですので、贅沢をさせていただいております」

殊勝な口ぶりだった。不審は募ったが、今のところはどうにもならなかった。

「手間をかけた」

讃岐屋襲撃については一言も触れぬまま、凜之助は上総屋を出た。外へ出て、荷運びから帰ってきた小僧に訊いた。

「番頭の茂次は、昨日今日、銀煙管で煙草を吸っていないか」

「銀煙管のこともありますが、他の煙管もお持ちです」

「では昨日今日で、銀煙管を使っている姿を見なかったか」

見ていると返されたら、茂次は嘘をついたことになる。

「さあ。銀煙管は、見なかったような」

「そうか」

肩の力が抜けた。

五

「しかしあやつ、曲者だな」

上総屋からの帰路、歩きながら凜之助は呟いた。

茂次とのやり取りを振り返ってみて、やはり腑に落ちないものが残った。都合が良すぎる話だった。

凜之助が持つ疑いはさらに大きくなった。

ただ犯行時の居場所がはっきりしている以上、どうにもならない。実は船宿宵月にはいなかったとなれば、話は大きく変わる。

「そうだ」

賊の顔を間近に見た者が、一人だけいた。稲吉である。

「顔を確かめさせればいい」

と思いついた。それだけでは、宵月にいた件についての否定はできないが、話は進む。違うと言ったら、兄駒太郎の顔を見させる。

どちらも違うなら、兄弟は容疑から外れる。

凜之助は本所から、小石川へ足を向けた。この辺りに来ると、町中よりも風が冷たくなっている気がした。しもた屋の庭に柿の木があって、葉の落ちた枝に熟した実が数個残っていた。

養生所は、今日も混雑していた。流行風邪は下火になったとはいえ、罹患者がいなくなったわけではない。寒さも日ごとに増しているから、持病を拗らせる者もいるかもしれなかった。

三雪はこの日も手伝いに来ていた。

「稲吉は、息災にしているであろうか」

気にはなっていた。賊に襲われたのである。心中穏やかではないだろう。

「ええ、まあ」

三雪は浮かない顔になった。風邪は完治したが、元気がないという。

「まあ、そうだろうな」

「怯えています。少しのことでも、びくびくします。先日、雨の中で襲われました。それが頭から離れないようです」

建物から外へは、出なくなった。

「父親のこともあるからな」

「はい」

二度襲われたことになる。大人でも、また襲われるのではないかと考えれば臆病になるだろう。

三雪は、稲吉が隠れて泣いている姿を見たとか。慰めの言葉は、すでに何度もかけた。不憫だが、その虞を取り去るには、賊を捕えるしかなかった。

「そこでだが」

凛之助は、ここまでの調べの結果を伝えた上で、稲吉に、茂次および駒太郎の面通しをさせたい旨を伝えた。前にも、与一郎と九助についてさせたことがあった。

ただこの話では、お麓が関わった部分については割愛した。

「なるほど」

話は分かったらしいが、三雪は表情を曇らせた。

「でもちゃんと、できるでしょうか」

「どういうことか」

「あの子、怖いのですよ。襲われたからには違いありませんが、賊に近づくことが。顔を見ることが」

「ううむ」

「強く言えば、あの子は見ると思います。でももう少し、気持ちが落ち着くまで待てないでしょうか」

「…………」

三雪の願いはもっともだ。稲吉が怯えて、正しい判断ができなくなってしまっては身も蓋もない。ただ一刻も早く、という思いはある。向こうが、何かをしてくる虞がないとはいえなかった。

そのとき、近寄ってくる足音があった。話をする凜之助と三雪のもとへ、稲吉が姿を現した。

「おいら、盗賊の顔を見るよ」

話を聞いていたらしい。幼いながら、決意の表情だった。

「大丈夫か」

「そりゃあこわいけど。でもちゃんを殺したやつを、捕まえてほしいからさ」

「そこまで言うならば、見てもらおう」

三雪も、異は唱えなかった。

早速、稲吉を乗せる辻駕籠を用意した。三雪にも同道してもらって、三人で本所相生町の上総屋の近くまで行くことにした。

その方が、稲吉の緊張をほぐせるだろう。

三雪も顔を知られている可能性が大きいので、頭巾を被らせた。面通しをしていることを、気づかせたくない。

凜之助が声をかけ、茂次を河岸の道に呼び出した。駕籠から茂次の顔がよく見える位置に立った。稲吉は駕籠の垂れを上げないで、隙間から覗く。

「鋒山の煙管だが、どのような絵柄だったかもう一度聞きたい」

わざわざ店の外に呼び出して訊くわけだから、茂次は一瞬不審な表情をした。しかし何もなかったように問いかけた。

「雁首のあたりが、すべて菊で覆われていました」

「金の象嵌はあったか」

「なかったと思います」

実物は失くしたとしているわけだから、何とでもいえる。讃岐屋の跡取りは、あったと言っている。違うとしたいのだろう。

「吸い口にはどうだ」

「菊は彫られていました」

できるだけ延ばして、稲吉が見る間を長くした。

「では」

顔を確かめるには充分な間を取ってから、茂次と別れた。

凜之助が上総屋から離れると、駕籠と三雪が後をつけてきた。竪川河岸から離れたところへ行って、立ち止まった。

「どうだったか」

目の高さを合わせて、穏やかな口調にして問いかけた。怖がらせてはいけない。

「似ているけど、違う気がする」

生唾を呑み込みながら口にした。賊でなくて、ほっとしているようにも窺えた。

「では、養生所で襲ってきた者か」

「それは、分からない。だってあのときは、顔に布が巻いてあった」

「そうだな」

次は駕籠を、浅草田原町一丁目に向けた。

町について、凜之助はまず自身番に行って書役に声をかけた。

「主人の駒太郎を通りまで呼び出し、話をしろ」

「どのような話で」

書役は驚きの目を向けた。駒太郎とは、一度会っている。茂次から聞いて上総屋へ行ったことは知っているかもしれないが、ここへ来たことは、まだ気づかせなくてもいいと考えた。

「何でもよい。町の溝浚いの話でもいたせ」

書役は困惑の顔をしたが、同心の言葉には逆らえなかった。もちろん命じたことについては口止めした。

「できるだけ通りに顔を向けさせるように立て」

それから横瀬屋の店舗と斜め向かいの場所に、駕籠を置いた。書役が駒太郎を呼び出したところで、駕籠舁《か》きに、ゆっくり前を通り過ぎるように命じた。駕籠には、三雪だけが付き添った。

駕籠が通り過ぎたところで、書役は話を終わらせた。駒太郎が店に戻ったところで、書役については放免した。

「どうだった」

横瀬屋から離れたところで、凜之助は稲吉に問いかけた。

「あ、あの人です」

かすれた声で、顔を強張らせていた。目に、涙の膜ができていた。三雪が、稲吉の手を握ってやった。

「間違いないな」

「はい」

稲吉はしっかり頷いた。

「おまえは強い子だ」

凜之助は頭を撫でた。額には、油汗が浮いていた。

これで事態が進んだ。腹の奥が熱くなった。凜之助は、稲吉と三雪を小石川養生所まで送り返した。

六

稲吉と三雪を小石川まで送った後、凜之助は再び浅草田原町へ赴いた。そして横瀬屋の店の前で荷車から品を降ろしていた小僧に問いかけた。

「先日の氷雨の日だが、旦那は外出をしたか」

ここははっきりさせておかなくてはならない。稲吉への襲撃の可能性が出てくれば、状況が変わる。

「いえ、ずっと店においででした」

「出なかったわけだな」

「あっ、暮れ六つ過ぎに、お酒をお召し上がりに出たかもしれません」

襲撃があったずっと後の刻限で、そのときはもう雨は止んでいた。出向いた場所は分からない。

次に凜之助は、両国橋を渡って相生町へ行った。ここでも小僧が店から出てくるのを待って問いかけた。

「番頭さんは、ほぼ毎日お出かけになります」

初老の一番番頭が出納《すいとう》を行い、二番番頭の茂次が外回りの顧客対応をするらしい。暑くても寒くても、毎日のように出かけて行く。

雨の日は、傘ではなく蓑笠をつけることもある。だとすれば養生所の様子を見に行くことは、容易くできたはずだった。

奉行所へ戻った凜之助は、忍谷郁三郎が戻るのを待ってここまでの報告をした。

「でかした。よくやった」

「稲吉のお陰です」

「向こうは、子どもの言葉など当てにならぬとするだろうがな」

「まあそうでしょうが、讃岐屋で二十一両を奪い、七左衛門と米助を殺したのがあの二人であることは、もう間違いありませぬ」

稲吉の証言が、凜之助の胸の内では確信となっていた。

「それはそうだ」

郁三郎も同感らしかった。ただこれで解決したという顔はしていない。犯行のあった日、兄弟は三好町の船宿宵月にいた。

「証言したおかみは、嘘をついたのでしょうか」

それならば、締め付ければ白状するかもしれない。

「目にしたままのこと、あった通りのことを話したのならば、嘘をついたことにはならねえぞ」

「そうでしょうか」

「これはな、殺しだ。たとえ顧客の頼みでも、一つ間違えれば死罪になるような手助けを、容易くすると思うか」

「なるほど」

凜之助はため息を吐いた。

「まだ、あの兄弟をしょっ引くわけにはいかない」

渋い顔で郁三郎は言った。宵月のおかみの証言が壁になる。そこを崩さなければ、兄弟は、万に一つも白状をしないだろう。

「駒太郎らが宵月を使ったのは、初めてではないですね」

「うむ。そうだったな」

「駒太郎か茂次のどちらかが、おかみとできていたら、嘘の証言もしたのではないでしょうか。奉公人にも、話を合わせろと告げて」

「そこは念を入れて、確かめておくべきだろう。その方もここまでやってきたのだからな」

とまた押し付けられた。凜之助の当然の仕事といった見方で、自分が当たろうという様子は微塵も見せなかった。

かかっている付火の探索は、うまくいっていないらしい。そちらの調べで、焦っているのかもしれなかった。

すでに夕刻に近かったが、凜之助は三好町の宵月に行った。すでに浅草川の川面には荷船の姿はないが、人を乗せた小舟の姿は見えた。三味線の音が聞こえて、吉原《よしわら》へ繰り出すところらしかった。

宵月も掛行燈に明かりが灯っていた。話し声が聞こえてくる。これから吉原へ行く舟が出るのかもしれなかった。

船着場に目をやると、小舟が舫《もや》ってあって、老船頭が煙草を吹かしていた。船宿から出てくる客を待っているらしかった。凜之助は近づいた。

「宵月は、繁盛しているな」

「さあ、どうでしょうか」

愛想のいい爺さんではなかった。船宿として、繁盛というほどではないのかもしれない。

「おかみは、よくやるようだが」

「金持ちの旦那でもいれば、違うんでしょうがね」

皮肉な言い方をした。

「おらぬのか。横瀬屋の旦那などはどうか」

「あれは、ただのお客ですよ。おかみさんは、愛想よくしているけど」

これだけ聞けば、充分だった。ふうとため息が漏れた。

八丁堀の屋敷に帰ってもあれこれ考えたが、宵月のおかみの証言を崩す手立ては浮かばなかった。

ふと見ると、松之助の部屋に明かりが灯っているのが見えた。まだ鳥籠作りをしているらしい。

「精が出ますね」

声をかけて、父親の部屋へ入った。

削った竹ひごを組み立てているところだった。まだ土台の部分だ。細かい仕事で、ひごの先を削って調整をする。大きさの違う小刀が、何本も用意されていた。どれもよく磨かれて、行燈の光を撥ね返していた。

「どうした。何かあったか」

「いや、ちと」

意見を聞きたい気持ちがあった。

「話したいことがあるならば、申すがよい」

と告げられて、讃岐屋押し込み事件のここまでの調べの詳細を伝えた。稲吉が襲われたことにも触れた。

「なるほど。犯行は間違いないが、船宿宵月のおかみの証言が枷《かせ》になっているわけだな」

話を聞き終えた松之助は言った。

「はい。悪事の仲間になってはいないと存じます」

「まあ、そうであろうな」

と返した後で、問いかけてきた。

「訊いたのは、おかみと船頭だけか」

「いえ、女中にも確かめました」

「船宿へ行ってしたのは、それだけか」

「はあ」

凜之助にとっては、思いがけない問いかけだった。他に何があるというのか。返事ができないでいると、松之助は続けてきた。

「船宿の建物がどうなっていたか、検めなかったのか」

「それは」

言葉に詰まった。

「途中で抜け出したかも、しれぬではないか」

と言われてどきりとした。それを想定して調べてはいなかった。そこまで思いもつかず調べなかったのは、おかみの証言を先に聞いていたからだ。横瀬屋ではないという気持ちが、どこかにあった。

「横瀬屋の先代が店を失ったのは、十四年も前のことでございます」

長期にわたって、恨みや怒りを持ち続けられるかと考えたからだ。歳月は、人の心を鎮めるのではないか。

「家を奪われ、親兄弟、子どもを奪われた者の恨みや怒りが、容易く消えると思うのか」

強い口調だった。叱られたような気がした。

「おまえならば、どうか」

と問われて、答えられなかった。駒太郎と茂次は実家を失い、父は首を括った。母は奪《やつ》れて、後を追うように四月後に亡くなった。

そして気が付いた。松之助は倅鉄之助を失っている。事故とされたが、信じてはいなかった。その恨みと怒りを、松之助は忘れていない。

鉄之助を失った悲しみや怒りは、もちろん凜之助の胸の中にもある。二年たっても、薄れてはいない。

「人はいろいろだ。すぐに忘れる者もいれば、十年二十年しても忘れない者はいるぞ」

「はあ」

駒太郎も茂次も、執念深い者だと聞いたことがあった。

「家と親を亡くした後、そのために苦しい悔しい思いをしたと考えていたらどうか」

「機会を狙っていたかもしれませんね」

「どちらもひとかどの者になった。ゆとりができて、胸の奥に潜んでいた恨みが噴き出したのかもしれぬ」

「そうですね」

松之助の言うことには、得心がいった。

「定町廻り同心が調べをするにあたって、怪しいと思う者の胸の奥にある恨みを、軽く見てはならぬ」

「ははっ」

凜之助は、松之助の言葉を胸に刻んだ。

第五章　浪人者と賊

一

松之助から恨みの深さということを告げられた凜之助は、駒太郎と茂次の讃岐屋及び七左衛門に対する恨みについて、改めて調べてみようと思った。

翌朝、朋の機嫌はだいぶ戻っていた。凜之助の朝の挨拶を、部屋の障子を開けて常と変わらない様子で受けた。

ただまだわだかまりは解けていない。笑顔はなかった。朋はなかなかに頑固だ。

その後お麓との関わりについては、文ゑは隠しているらしかった。

文ゑはお調子者に見えることもありお喋りでもあるが、肝心なところでは口が堅い。

このまま何事もなかった形になってくれればいいと、凜之助は願った。

町廻りを済ませた後、凜之助は前に訪ねたことのある湯島一丁目の質屋枡形屋へ足を向けた。ここの初老の主人から、讃岐屋を恨んでいそうな者として五人の名を挙げてもらった。

その中に、横瀬屋駒太郎と茂次兄弟の名があった。

十四年前に父駒右衛門が七左衛門から金を借り、返せないことになって店を奪われるはめに陥った。駒右衛門はそれを無念に思って首を括った。聞いたのはそれだけだった。

詳しい事情は分からない。

凜之助は怪しい者を探し出したい気持ちばかりがあって、恨みの深さについては、ほとんど考えなかった。それで一番怪しげに見えた与一郎を探るという、回り道をしてしまった。

もちろん与一郎にも恨みはあったが、横瀬屋の兄弟の思いには目を向けなかった。

「ええ。駒右衛門さんが亡くなったときのことは、まだ覚えていますよ」

枡形屋の主人は答えた。湯島や本郷界隈の同業では、横瀬屋の一件は評判になった。

その頃は、三十代半ばの歳だったとか。

金を借りたのは駒右衛門だから、それは仕方がない。ただ讃岐屋はやり過ぎたのではないかという声も一部にあった。

「横瀬屋さんは、それなりに顧客もあって、確かな商いをしていました」

「それでも、何かあったわけだな」

「まあ。跡取りの駒太郎さんも十八歳になった。あと二、三年したら、代替わりをしてもよいと考えていたようです」

駒太郎は商い熱心だったし、十四歳の次男茂次は魚油商いの上総屋へ奉公に出たが、評判はよかった。

「駒右衛門さんは、倅たちのために身代を大きくしておきたいと考えたのでしょうねえ」

昔を思い起こす顔になって言った。そして続けた。

「あの年は秋の訪れも早く、十月には冷気が江戸の町を襲いました。寒い日が続きましてね」

「では薪炭は、売れたのであろうな」

「そりゃあもう。ですから値が上がりました」

銭がなく火鉢を使えない者は、震えて過ごすしかなかった。

「横瀬屋は、儲けたのではないか」

「だと思います」

十一月から十二月になれば、さらに厳しい寒さになると予想された。買い置きしようとする者が増えて、薪炭屋ではどこも品薄になった。

そこで駒右衛門は、この機に一儲けしようと考えた。

「秩父《ちちぶ》の山間から大量に炭の仕入れをしたのです。あとで分かったことですが、相当高値をつけられていたようです」

「それでもさらに値上がりをすると踏んだわけだな」

「何しろどこも品不足でしたから、大量仕入れを羨む同業者はいたようです」

「支払いはどうしたのであろう」

「そこです。何軒かの金貸しから借りました」

「なるほど」

話が見えてきた。余分な金子があって、仕入れをしたのではなかった。枡形屋は話を続けた。

「ですがねえ。十一月の中ごろから、様子が変わりました」

「暖冬になったわけか」

「そうです。天候ですから、どうにもなりません」

需要は一気に減って、薪炭は大幅な値下がりをした。

「支払いは、どうしたのであろう」

「十二月末日までに代金を支払わなくてはならないが、その金がないと聞きました」

横瀬屋は大胆な商いをした。同業の者は、行方を注視していた。羨んでいた者たちは、次第に駒右衛門は無理をしたと口にするようになった。

薪炭には、置いておく場所が必要だ。自前の倉庫では収まらず、借りた倉庫の借り賃も払うことになった。長くなれば、その費用もかさむ。

そこで駒右衛門は讃岐屋に借金三十両ほどを申し込んだ。すでに仕入れの段階でめぼしいところからは借りていた。もう新たには、借りられない。

七左衛門は気持ちよく貸すと言ったが、利率は短期でも二割五分を告げられた。おまけに期日まで金の用意ができなかったら、店を手放しても金を用意するという条件が付いていた。

年の瀬になって、春は近い。再び寒波が訪れるとは思えない状況だった。駒右衛門は足元を見られた。

「返金額は、四十両くらいになると聞きましたよ」

「膨らんだな」

「駒右衛門さんは、迷ったと思います」

寒気がやってくれば薪炭の値は上がる。まれに冷え込む日もあった。

しかし寒気は来ず、返済の期日になった。

「駒右衛門さんが金を借りていたことは、茂次さんはともかく駒太郎さんは知っていたようです」

荷は次々に、店に運ばれてきた。ただ借金の額や条件は、伝えられていなかった。

「子どもに、迷惑をかけたくなかったわけだな」

「そうでしょうね。親心だったわけですが、それが裏目に出ました」

体調も良くなく、焦りもあった。

「一年くらい前から、心の臓を病んでいたようです。おかみさんも癪痛ですぐれなかったようですから、動けるうちに、商いを盤石にしておきたかったのでしょうね」

「しかし駒太郎は、過分な仕入れに不審を持たなかったのであろうか」

自然な疑問だろう。

「それなりの貯えはあったと、答えていたようです」

「仕入れの一部だけを借りたとしたわけか」

「そうでしょう。ありのままを話していたら、止めたのではないですか。あの人は、若くてもやり手だと聞きました」

駒右衛門の企みは、うまくいかなかった。どうにもならなくなったとき、返済の期限は迫っていた。

「では駒太郎や茂次は悔んだであろうな」

「そう聞きました」

店を手放しただけでなく、父親は首を括った。倅たちには申し訳ないと、女房には話していたとか。

「残った母親は四月後に、持病に心労が重なって亡くなりました」

「無念だな」

「ええ。讃岐屋は繁盛しているわけですから、なおさらでしょう」

「しかしそれで、兄弟はよく道を踏み外さなかったな」

自棄《やけ》になって破落戸の仲間に入るのは、珍しい話ではない。

「怒りや憎しみを糧にして、踏ん張ったのではないですかね。いつか見返してやりたいと」

「なるほど」

「それに表通りの店は失いましたが、返済をした後に、なにがしかは残ったようです」

「裏通りに店を借りて、商いは続けられたわけか」

無一文になったわけではなかった。

「それに兄弟がありました。まったくの一人ではありませんから、励まし合ったのではないですか」

孤独ではない。茂次も、店を辞めさせられたわけではなかった。そこは与一郎とは違った。

「憎しみを糧にして、目の前の商いに精を出したわけか」

枡形屋を出た凜之助は、浅草田原町一丁目の自身番へ行った。

駒太郎の十四年について、書役に尋ねた。

「初めは小僧一人だけを雇いました。自ら荷車を引いて配達をしていました。何しろ愛想がよくてね」

他の店よりも、わずかだが安値にしていた。冬の夜回りや溝浚いにも顔を出して、町に馴染もうとしていた。

「炭は、横瀬屋さんで買おう」

いつの間にかそうなって、少しずつ顧客を増やした。

「でもねえ。隣の町にも薪炭屋があって、いろいろと商いの邪魔をされたようです」

資金繰りに苦しんだこともあったらしいが、乗り越えた。三、四年で軌道に乗ったように見えた。奉公人も増えた。

いつの間にか女房を貰い、子どももできた。女房は同業の、それなりの商家の娘だった。

「表通りに店を出せたのは、一年前です。とうとうやったかと、町の者は話しましたよ」

町の者は、駒太郎に好感を持っていた。書役の家でも、炭は横瀬屋から買っているとか。

本所相生町の自身番へも行った。茂次について訊いた。

「私がここへ来たときには、茂次さんは手代でした。愛想もよくて、しっかりやっている様子でしたよ」

中年の書役が言った。十年ほど前のことだ。実家がとんでもないことになったという話を耳にしたのは、さらにその前だ。

「それについてあの人は、何も言っていなかったですが」

「忘れていたのであろうか」

「いや、違いますね。あの人、同じ頃に奉公を始めた手代たちよりも早くに番頭になりました」

「競争相手がいたわけだな」

二歳上の手代がいて、面倒なことを押しつけられた。店の銭箱から金子が抜かれたときには、茂次のせいにされた。歳上の手代の仕業だと分かって難を脱したが、一時は追い詰められた。

しかし濡《ぬ》れ衣《ぎぬ》が晴れたことで、逆に信頼を得た。

「ですから番頭になると決まったときには、親の墓参りをしたと聞きました。伝えたかったのでしょう」

苦労を重ねた上で、一年前に大店の干鰯〆粕魚油問屋の番頭になった。そうなれた裏には、讃岐屋七左衛門への恨みと怒りがあったからか。

二

翌日は、いよいよ師走になった。寒さも一段と増して、朝起きると水溜まりに氷が張っていた。通り過ぎる人の吐く息が白い。

それでも町は、行き過ぎる人が途切れない。小僧は年内に納めなくてはならない商品を運び、掛け取りに回る番頭や手代がいる。急かされる大工は、鋸《のこぎり》を引く音や槌音《つちおと》を立てた。春米屋の店先には、糯米《もちごめ》の俵が積まれた。春米屋や菓子舗では、正月用の餅を搗《つ》けない小所帯の者のために、切り餅の注文を受け入れ始めた。

またこの頃になると、焼き芋を売る者も現れる。寒いから、甘くてほかほかの焼き芋は、老若の者に喜ばれた。

町廻りを済ませた凜之助は、浅草三好町の船宿宵月に足を向けた。松之助に指摘された点を、検めなくてはならない。

浅草川では、今日も荷運びをする大小の荷船が行き来をしていた。

「前に尋ねたが、改めて訊きたい」

「どうぞどうぞ」

おかみは愛想よく応じた。

「くだんの件だが、あの日駒太郎と茂次は暮れ六つの鐘が鳴る四半刻前くらいに来て、一刻半ほどいたのは間違いないな」

「さようでございます。私が別々に、部屋までお連れしました」

先に来たのは茂次で、すぐに駒太郎も顔を見せた。酒は横瀬屋の小僧が持参し、料理は仕出し屋から運ばれた。浅草界隈では、名の知られた仕出し屋だ。

前に利用したときも、同じ形だった。一刻半ほど過ごした。

「では、兄弟が顔を合わせたときには、酒と料理は調えられていたわけだな」

「さようでございます」

事前に駒太郎が注文をしていた。そこに問題はあるかと考えた。一つ一つを、頭の中で吟味する。それで疑問が湧いた。

「では、新たな酒や料理の注文はなかったのだな」

「ありませんでした」

「二人が引き上げる折、料理や酒は残っていたか」

酒は二升（約三・六リットル）で、一升以上は空いていた。料理は、あらかた口をつけていた。どちらも部屋を一たん抜け出して戻ってから、急いで飲み食いをすることはできただろう。

「では部屋へは、船宿の者は出入りしなかったのだな」

「お越しになったときと、お帰りのときは入りました」

「では一刻半いて、その間は誰も入らなかったわけだな」

「呼ぶまで入るなという仰せで」

一刻半あれば、浅草三好町から本郷二丁目は健脚ならば用件を済ませた上で、充分に往復できる。しかし出かける姿、戻る姿を目にした者はいなかった。

「使った部屋を見せてもらおう」

「どうぞこちらへ」

案内された部屋は、母屋とは廊下で繫がった離れだった。

「初めから、この部屋をお望みでした。落ち着いて話ができるということでして」

部屋は二つで、その日は隣室は使われていなかった。もし他の客が現れれば、当然使わせた。

「離れから母屋を通らず、表へ出ることはできるか」

「庭を経ればできますが、暮れ六つを過ぎたところで、内側から木戸門に閂《かんぬき》をかけます」

「ならばその日も、かけていたわけだな」

「それは毎日のことでございます」

内側からなら、開けて出ることはできる。奉公人をすべて呼ばせた。

「夜半に、閂が明けられているのを見た者はいるか」

奉公人たちは顔を見合わせた。いないらしい。

「何事もなければ、閉めた後は近くへ寄ることはありません」

「では、翌朝はどうした」

「明け六つ（午前六時頃）に、私が開けました」

おかみが答えた。船宿の朝は早い。吉原からの、朝帰りの客を迎える。

そのとき裏木戸の閂はかかっていたそうな。しかし戻ってきた兄弟が閂をかければ、それだけのことだ。二人がいた間、確かめた者はいない。

「そういう事情を、駒太郎らは知っているのか」

「さあ。どうでしょう」

怪しまれると思ったら、塀を越えればいいだけの話だ。傍まで行って確かめた。板塀だが、一人が踏み台役をすれば、出来ない高さではなかった。

十四年間、それぞれ商いに励み、恨みを掻き立てて慎重にことに及んだ。閂についても、織り込み済みだっただろう。万一にも宵月の者で閂に気づく者がいたら、白ではいられなくなる。

「やつらの動きが、はっきりした」

と凜之助は考えた。犯行は可能になった。とはいえそれは、犯行に及んだ証明にはならない。部屋は空だったと証言する者もいなかった。

また奉公人の中に、銭をもらって手伝いをした者がいないとも限らない。ただこれは、重大事件の調べだと伝えていた。一両や二両で共犯になる者はいないだろう。また店以外の場所で、駒太郎や茂次と親しくしている者もいなかった。

門はかけられたままで、出かけなかったと言い張られたら、どうにもならない。そこで凜之助は問いかけた。

「兄弟の衣服に血がついていなかったか」

七左衛門と米助を刺殺している。注意はしただろうが、それでも返り血を浴びているはずだった。

「いえ、気が付きませんでした」

おかみは首を捻ってから答えた。そんなことがあれば、気づかないはずはないと、怖ろしげな顔になって付け足した。

稲吉の証言では米助を刺したのは駒太郎だが、七左衛門を刺したのはどちらか分からない。ただ何であれ、返り血は浴びているのではないか。殺害の際に声は聞こえなかったというから、一人は体を押さえ、口を塞いでいた可能性がある。それだと、噴き出た血が付くかもしれない。

「では、駒太郎や茂次は長脇差や匕首のようなものを持っていなかったか」

「匕首は分かりませんが、長脇差は持っていませんでした」

「ならば風呂敷包のようなものは」

「ええと」

しばらく思い出すふうを見せてから口を開いた。

「そういえば弟さんの方が、お持ちだったような」

自信のない顔だ。しかし奉公人の中には、持っていたと証言する者がいた。大きな包みではないが、着物の二、三枚は入る大きさだったとか。

「出かけるときに着替え、戻ってからもとに戻したな」

と凜之助は判断した。血で汚れた着物は、密かに処分したのに違いなかった。証拠は残してはおかないだろう。

「でも。あの方たちが、そんなにひどいことをしたのでしょうか」

信じられないといった顔で、おかみは言った。二人が極悪人には、見えなかったのだろう。

この調べについては、口外するなと伝えている。ただそれでも、漏れないとはいえない。そのときはそのときだという気持ちだった。

確かめることを優先させたのである。

宵月での必要な問いかけを済ませてから、凜之助は周辺の家を当たる。暗くなってはいたが、人通りが皆無だったわけではない。

居酒屋は明かりを灯し、屋台店は商いをしていたはずだ。町木戸の番人もいる。

「さあ、血のにおいをさせた二人連れねえ」

「そんな怪しいやつ、気が付いたらそのままにはしやせんぜ」

「そりゃあそうだ。すぐに自身番なり土地の岡っ引きに知らせますよ」

と言われた。しかしどこの通りでも、提灯の明かりなど届かない場所はあっただろう。木戸番も、見張っているわけではなかった。

「ええと、いつのことですかねえ」

すでにだいぶ前になるから、その夜を特定できない者もいた。本郷までの道のりを辿って、聞き込みをした。

「不審な者はいたかもしれないけど、夜だとねえ。何かすれば別だけど」

木戸番小屋の女房が言った。目立つことなどするわけがない。賊たちはひっそりと、夜陰に紛れて移動をしたのだ。

三

凜之助は、浅草三好町からの帰り道、頭の中で調べて分かったことを整理した。すでに夕暮れどきになっていた。御米蔵《おこめぐら》の屋根に、夕日が当たっている。

完璧だと思っていた駒太郎と茂次の犯行の夜の居場所は、あやふやなものになった。ただ否定する証拠もない。

確実なのは、唯一の目撃者である稲吉の証言だけだった。しかしそれで大番屋へ連れ出し吟味しても、白状するとは思えなかった。

「高熱に侵されていた子どもの証言が、あてになりますか」

と返された場合、否定はしきれない。向こうは当然、それで押してくるだろう。もう一つ、確かな何かが欲しかった。

「ではどうすればいいか」

見当もつかない。何の妙案も浮かばない内に、八丁堀界隈に入った。屋敷の木戸門まで戻ると、松之助が出てきたところだった。鳥籠を持っているわけではない。

「飲みに行くのですか」

戻ったことを告げた後で、凜之助は問いかけた。この刻限での外出となると、それしかない。父は冠婚葬祭のとき以外は、屋敷では酒を飲まなかった。飲むときはいつも外に出る。

「そうだ。おまえも飲むか」

「馳走していただけるならば」

懐は寂しい。同心としていざというときのために、常に二両分の銀や銭は懐に入れている。しかし酒を飲むのは、いざというときではない。

「ついて参れ」

先日も飲んだ小料理屋若葉へ入った。小上がりで、向かい合って腰を降ろした。松之助が、熱燗を注文した。

「どうぞ」

いかり、ちろりが運ばれてきて、互いに注ぎ合った。口に含んで、一気に飲み干した。体が冷えていたからか、熱燗は体に染みた。

「温まりますね」

空になった父と自分の猪口に、酒を注ぎ足した。

「調べは、進んだか」

向こうから聞いてくれた。酒はついでで、意見を聞きたくて、ついてきたのだ。凜之助は、調べた詳細を伝えた。

「なるほど。やはり外へ出られたか」

聞き終えたところで、松之助は頷いた。そして続けた。

「駒太郎と茂次が手を下したのは、これで間違いあるまい。けれども責めるには、まだ足りないわけだな」

「さようで」

「向こうは、周到に証拠を消している。讃岐屋を出て、米助父子と出会ったのは、思いがけぬことだったであろう」

父子に会わなければ、事件はお蔵入りになった可能性があった。駒太郎らは、物盗りの仕業とするために、足のつきやすい高価な質草は奪わず、金子だけを奪った。

「子どもをそのままにはできないと考えた気持ちはよく分かる」

初めのちろりは、瞬く間に空になった。お代わりを注文すると、一緒に煮しめも運ばれてきた。

「それにしても兄弟は、店と親を失って、商人としてよく一角《ひとかど》の者になった」

「まことに」

「親の仇は取りたくとも、今の暮らしは失いたくないわけだな」

「そのために、精進したわけですからね」

「うむ。だがそれが、向こうの弱みになっているぞ」

思いがけないことを言われて、手に取った猪口を膳に置いた。

「どういうことですか」

「やつらは、己らに調べの手が回ることを怖れている」

「まあ、そうでしょうね。今の暮らしは、守ろうとするでしょう」

「となると、やつらが怖れるのは何か」

屋敷にいるときとは違う、定町廻り同心の目を向けてきた。

「そうですね」

猪口を空にしてから、凜之助は続けた。

「稲吉の証言です」

それが一番確かだ。高熱に侵された子どもの目撃証言でも、間近で見たのは間違いなかった。

信憑性《しんぴょう》があると受け取る者は多いだろう。

「だからこそ小石川養生所を探り、稲吉を襲ったのだ」

それは同感だ。

「しかしあてにならない証言として、白を切り通すこともできます」

だから今一歩でありながら、先に進めないでいた。

「確かにそれはできる。しかしな、証言があると明らかになった場合、町の者はどう考えるか」

「怪しいと思うでしょうね。界隈で評判になるかもしれません」

江戸っ子は噂好きだ。

「商いは、どうなるか」

「押し込みをして金を奪い、人を殺したかもしれない者からは、客が離れるでしょうね」

「いかにも。ありもしない話と、笑い飛ばすことはできないぞ」

「そうですね。恨みがあるのは事実ですから」

讃岐屋との因縁も、広く知れ渡るだろう。

「襲うこともできたとなれば、噂だけでも、横瀬屋の商いを追い詰めるであろう」

「上総屋にしたら、迷惑な話ですね。番頭の一人に人殺しの噂が立っては、暖簾に傷がつくと考えるかもしれません」

「主人次第だが、茂次は店を出されるかもしれぬ」

大店の暖簾を守るためには、日頃は温厚な主人でも非情になる。

「ならば、やつらはどうする」

「それは」

凜之助は注がれた酒を飲み干した。全身が熱くなった。

「稲吉を、もう一度狙うのではないでしょうか」

「そういうことだ」

松之助は、そこを捕えろと言っていた。これならば、言い訳はできない。

「では、どういたしましょう」

すると松之助は、猪口の酒を飲み干して、じろりと凜之助に目を向けた。そんなことは、自分で考えろと言っているようでどきりとした。

けれどもそれは、なかなか浮かばない。新たに注いだ酒も飲み干してから、松之助は口を開いた。

「横瀬屋や上総屋の手代に、酒を飲む者はおらぬか」

「一人や二人は、いるでしょう」

何を言い出すのかと思いながら答えた。

「その飲んでいる同じ店で、岡っ引きの手先に話をさせればいい」

「どのような」

「子どもはどうやら賊の顔を覚えていて、捕り方は、この数日のうちに面通しをするらしいと喋らせるのだ」

横瀬屋や上総屋の名こそ出さなくても、それと分かるように話をする。忘れっぽい江戸っ子でも、まだ事件から半月あまりしか経っていない。

「手代は、面白がって店の者に話すはずです」

「そういうことだ」

「面通しの前に、片付けようとするでしょうね」

「やるとしても、向こうにしてみれば危ない橋だ。渡らぬかもしれぬ」

「ですがやってみる価値はあります。襲いやすい状況を、拵えればいいのではないでしょうか」

「ただな、稲吉の身は何があっても守らねばならぬぞ」

それは当然だ。命に代えてもという覚悟でかからなくてはならない。

小料理屋を先に出た凜之助は、八丁堀の網原屋敷へ行った。養生所掛の善八郎と三雪に、狙いを伝えておく必要があった。

「なるほど。駒太郎と茂次は、動くでしょうね」

話を聞いた善八郎は、反対しなかった。ただ三雪は、怖い顔をした。

「稲吉が無事ならば」

そう告げるだろうと思っていた。

忍谷郁三郎にも伝えた。

「うむ。それで捕らえよう」

賛同したが、稲吉を守るためにはどうしたらよいか。そこは思案のしどころだった。

できることを、検討した。

四

翌日、松之助の代から手札を渡している岡っ引きの手先二人を連れて、凜之助は浅草田原町一丁目に出向いた。

横瀬屋の手代で酒を飲みそうな者を手先に探らせた。

「二人いました。町内の居酒屋へ行くそうです」

四半刻もしないで、探り出してきた。

夕方から、その手代を見張るように命じた。酒の代は与えた上でのことだ。今日行くかどうかは分からないが当たらせる。

「酒を飲んで喋るだけでいいんですから、楽なもんです」

手先は言った。

そして他の手先二名を連れて、本所相生町へも行った。上総屋の手代で酒を飲む者を聞き込み、夕方から見張らせる。

その日は何もなかったが、翌日の夜になって、横瀬屋の手代を見張っていた手先が、凜之助のもとへやって来た。

「手代の二人が、近くの居酒屋へ飲みに行きました」

「早かったな」

「へい。近くに座って、聞こえるように話をしましたぜ」

まずは讃岐屋の出来事について声高に話した。まもなく手代たちは、話を聞き始めたらしい。

「最後まで、聞いたのだな」

「もちろんでさ。三日後には、賊を見た子どもは養生所から出るという話をしました。その後で、面通しをするってえことで」

「それでいい」

凛之助は頷いた。その夜、上総屋の手代は出なかった。しかし一軒に伝われば充分だった。


次の日、凛之助は養生所へ行って、医長と網原に断った上で、三雪と話をした。患者たちに聞こえるようにだ。

「長いこと世話になったが、稲吉を本郷竹町に戻すことにする」

「もう、すっかり良くなりましたのでね」

「いつになりますか」

「明後日の夕刻といたす」

駕籠を用意して、町の者一人が迎えに来ると伝えた。

「もちろん、それがしの手先の者が同道いたす」

稲吉にも、患者たちがいる前で伝えた。稲吉は、神妙に頷いた。

「お世話になりました」

「稲吉さんがいなくなると、寂しいねえ」

療養中の老婆が言った。

これで養生所にいる者は、皆が明後日に稲吉が町へ戻ると知ったことになる。駒太郎や茂次が、自ら養生所へ来るかどうかは分からないが、稲吉が養生所を出ることは伝わるはずだった。慎重なやつらだから、居酒屋の話だけではなく養生所にも確かめに来ると踏んでいた。

敷地の中に入らなくても、養生所に出入りした誰かから聞けばいい。

二日後、朝から曇天で寒い一日だった。昼過ぎあたりから、雪が降ってきた。徐々に積もって行く。

「いやだねえ。せっかくの門出なのに」

婆さんが外に目をやりながら言った。他の者も頷いた。稲吉には、持ち帰る荷物は、父の白木の位牌一つだった。

凜之助が手配していた駕籠が、木戸門を潜った。

「じゃあ、達者でね」

三雪も見送った。凜之助は蓑笠を付けていたが、そのままついては行かない。木戸門の手前で、駕籠をいったん止めた。雪は降り積もっていて、ここまで見送りに来た者はいなかった。

駕籠は、本郷竹町の若い衆と凜之助の手先がついて、養生所の木戸門を出た。二人とも腰に木刀を差し込んでいた。この他駕籠舁き二人は、杖を手にしている。襲撃を受けた場合には、闘う段取りだ。向こうっ気の強い者を選んでいた。

このとき蓑笠を被った凜之助は、門の見える茂みの陰に移っていた。そこに潜んで、間を空けて駕籠をつけることになっていた。

雪は止む気配はなく、人気のない道を進む。駕籠の屋根や笠に、雪が積もった。ざくざくと、雪を踏む音が響いた。

人気はまったくない。足跡のない白い道を進む。

するとしばらく行ったところで、五人の覆面をした浪人者が現れた。雪がその近くで舞った。

駕籠を取り囲むと、何も言わずに腰の刀を抜いた。あっという間のことだ。駕籠を待ち伏せていたようだ。

「出やがったな」

二人の警護の者は、腰の木刀を抜いた。駕籠を下した駕籠舁きも、杖を構えた。

「こう来たか」

凜之助は駆け寄る。駒太郎と茂次が現れると思っていた。金で雇われた者たちだとしても、浪人が現れるのは意外だった。

だいぶ慌てた。駕籠が襲われる前に、若い衆や手先らが斬られてしまう。四人の命も、粗末にはできない。

刀を抜いて駆け寄った。笠に積もった雪が散った。

「やあっ」

渾身の気合を上げた。こちらに気を向かせるためだ。

気付いた浪人者の一人が、立ち向かってきた。

刀身と刀身がぶつかった。わずかに擦《こす》れ合ったところで、凜之助の刀身は相手の小手を狙った。

それは避けられたが、雪で足が滑ったのは分かった。次は刀身を回転させて、肘を突いた。

「うわっ」

骨を砕いた感触があった。刀が雪の中へ飛んだ。

浪人者は片膝をついて動けない。

凜之助は休まず、刃を向けたもう一人に躍りかかった。しかしその一撃は、弾かれた。そしてこちらの二の腕を狙ってきた。

迷いのない、刀身の動きだった。浪人者でも、前の者とは腕が違った。凜之助は体を引いて躱《かわ》したが、間一髪のところだった。

返す切っ先が、すぐに小手を狙ってきた。

これを撥ね上げる。逆に相手の小手を目指して突いた。至近の距離にいたのは間違いない。

だが目の前にあったはずの腕が、一瞬にして引かれていた。こちらは空を突いただけだった。

相手の刀身は、一瞬にして肩先を狙う一撃になっていた。舞う雪を裁ち割って振り下ろされてきた。

「何の」

斜め前に出ながら、凜之助は刀身を再び上に撥ね上げた。それで浪人者の足が縺《もつ》れたらしかった。雪が動きの邪魔をしていた。上体がのけぞっている。

「たあっ」

凜之助は相手の内懐へ飛び込むと、胴を抜いた。ざっくりと肉を裁つ手応えがあった。

「うわっ」

浪人者は、雪の中に倒れた。吹き出した血が、雪面を赤黒く染めた。これを見ていた浪人者の一人が逃げ出した。

けれども凜之助は、それを追わない。薄闇の道から、長脇差を手にした覆面の町人が二人、飛び出してきたからだ。

迷わず駕籠に向かってくる。中の者を突き刺すつもりだと分かった。闘っていた凜之助は、いつの間にか駕籠から離れた位置に来てしまっていた。

このままでは二本の長脇差が、駕籠に突き刺さる。若い衆や手先、駕籠舁きも必死だったが、残っている浪人者で手が回らない。

だがこのときだ。駕籠の垂れが、内側から上げられた。姿を見せたのは、蓑笠をつけた侍だった。郁三郎である。

駕籠から出ると、すぐに刀を抜いた。

「駒太郎と茂次、覚悟をいたせ」

と叫んだ。稲吉はまだ養生所にいる。門を出る前に駕籠を止めたとき、稲吉と郁三郎が入れ替わっていたのだった。

「こ、これは」

二人の覆面の賊は、仰天したらしかった。

すぐに逃げ出そうとした。このときには、浪人者たちも逃げ出している。浪人者はどうでもいいが、覆面の二人は逃がさない。一人を郁三郎が、もう一人を凜之助が追った。

逃げる方も追う方も、雪で走りにくい。しかし気迫は、凜之助の方が優った。距離が一間（約一・八メートル）ほどになったとき、賊は振り返った。逃げられないと察したようだ。

刃を向け合うことになった。

「くそっ」

すぐに相手は、長脇差の切っ先を突き込んできた。必死の一撃だったから、気合が入っていた。

凜之助は横に飛びながら、これを払った。動きを止めず、行き過ぎる相手の肩を打とうとした。

しかしそのとき、わずかに足を滑らせた。機を失して、相手の肩は行き過ぎた。

体勢を立て直し前に出ようとすると、振り向いた相手はすぐに身構えた。休まず切っ先が、こちらの喉首を目がけて突き込まれてきた。機敏な動きだ。

こちらは体を立て直すのがやっとで、攻められない。慌てて撥ね上げた。一歩下がる形になった。

さらに相手の刀身が迫ってきたが、ここは踏み込みが甘かった。雪に足を取られるのが怖かったのかもしれない。

切っ先が届かなかった。これで攻めの好機がきた。相手は至近の距離にいる。大きな動きに出るつもりはなかった。足場が悪いときは、小さくても確実な攻めでなくてはならない。

「とう」

前に出た凜之助は、突き出された小手を打った。相手は躱そうとしたが避けられなかった。体が前のめりになった。

「ううっ」

長脇差を落とした賊の腕を、凜之助は摑んだ。これを捩じり上げた。用意していた腰縄で縛り上げた。

顔の布を剝ぎ取ると、現れたのは痛みと悔しさで歪んだ駒太郎の顔だった。

このときほぼ同時に、郁三郎ももう一人の賊に縄をかけていた。こちらは茂次だった。

凜之助が腹を裁ち割った浪人者は重傷だったので、これは養生所へ運び手当てを受けさせる。しかし兄弟と浪人者の一人は、そのまま大番屋へ連れて行った。

五

大番屋の取り調べの部屋に入った凜之助は、怪我をした者の応急手当てをした上で、郁三郎と共に尋問を始めた。

出入口の他、三方の壁が板張りだ。燭台がひとつだけあって、それが唯一の明かりだった。

まず浪人者から始める。

「銭で雇われた。雇ったやつとは、四谷《よつや》の大通りで初めて会った。名も知らなかった」

駕籠を襲えと告げられた。子どもが乗っていることは伝えられていた。警護の者や現れる仲間がいたら闘えと命じたそうな。

「怪しい話だが、高額だったからな。話に乗ったんだ。他のやつらも、銭は欲しかったのだろう」

しょせん烏《う》合《ごう》の衆だ。

兄弟の顔を見させると、声をかけてきたのは茂次だと告げた。

そして次は、茂次から当たることにした。襲撃の場で捕らえられたので、この部分では言い訳が効かない。

「駕籠に稲吉が乗っていると知って、襲ったのだな」

「……」

すぐには答えなかったが、浪人から聞いた話をすると頷いた。

「顔を見られているので。覚えていないことを、願ったんだが」

憂いを無くしたかったからだと答えた。相手は子どもでも、証言は怖かった。

稲吉を襲った動機は、松之助の予想の通りだった。

「では、讃岐屋も襲ったわけだな」

「そうです」

店と両親を奪われたことは、許せなかった。父は、自分たち兄弟のために無理をした。その親心を、讃岐屋は儲けの種にした。その後の暮らしぶりも気に入らなかった。

七左衛門を刺したのは、茂次だったとか。駒太郎が口と体を押さえつけた。

「養生所で稲吉を襲ったのは、その方か」

「私です」

茂次は外に出るのが仕事だったから、どこにいたか誤魔化しやすかった。

「あの父子さえ現れなければ、うまくいったのに」

悔しがった。

次は駒太郎に当たった。

「仰せの通りで」

茂次も白状していたので、隠し立てはしなかった。

「私も弟も、商いがうまくいって、一息ついた。こうなれたのも、七左衛門への恨みや憎しみが糧になったからです」

あの折の悔しさを思えば、たいていの我慢はできた。

「二人が一角になったら、親の仇を討ってやろうって話していたんですよ」

「それが今か」

「そうです。歳月が過ぎると、恨みや怒りは薄れてきます」

「まあ、そうだろう」

「薄れていつか消えるのだったら、それでよかったのですがね。どういうわけか、忘れないうちに厳しいことが身に降りかかってきた。弟にも私にも」

「物事は万事、都合よくは行かないだろうからな」

これは凜之助にも分かる。

「そんなとき讃岐屋の様子を見に行くと、あいつ贅沢な暮らしをしていた」

「薄れかかった恨みが、掻き立てられたわけか」

「ええ、両親を死なせた銭も、今の贅沢のもとになっているわけですからね」

しかしここで、駒太郎は肩を落とした。

「でもね、捕まりたくはなかった」

「それはそうだろう」

「私には、女房や子どもがいますからね」

駒太郎が捕えられたら、女房や子どももただでは済まない。

「稲吉は、消さなくてはならないと考えたわけだな」

「そういうことで。子どもでも、証人ですから」

兄弟は、死罪を免れない。茂次は独り者だが、駒太郎の女房子どもは江戸払いくらいにはなるだろう。ただ女房の実家は物持ちの家なので、江戸を離れても食べるくらいはできそうだとか。

横瀬屋は闕所《けつしよ》となる。上総屋は、監督不行き届きとして五十日程度の戸《と》締《じめ》となりそうだ。

ともあれ事件は解決した。

「ご苦労だった」

郁三郎はねぎらいの言葉をかけてきたが、何かをしてくれたわけではなかった。当たり前のような顔で、付火の探索に当たった。ようやく付火をした者の目星がついてきたところらしかった。

「雪の中を養生所へ行くなど、手間のかかることをしたからな。その分調べが遅れた」

まるで自分の方が手伝ったかのような言い方をしていた。ただその夜、郁三郎の妻で姉の由喜江が、塩引きの鮭《さけ》を朝比奈家に持ってきた。

どうやらそれが、礼らしい。

文ゑは由喜江がなぜそれを持って来たかについては、ほとんど関心を示さなかった。ただ台所を預かっているので、朝餉の菜になるとその点では喜んだ。

凜之助は讃岐屋へ行って、七左衛門殺害のあらましを跡取り文太郎に伝えた。

「せめてものことでございます」

聞き終えた文太郎は答えた。そこで犯行を行うに至った、駒太郎と茂次の気持ちを伝えた。

「さようでございますか」

兄弟がなしたことは許しがたいが、気持ちがまったく分からないわけではなかった。

凜之助のその思いが、どこまで伝わったかは分からない。

「金貸し業は、難しいものですな」

と言ってから一息つき、言葉を続けた。

「約定通りのことをしたまででございますが」

これは本音だろう。二人の心情が伝わったとは感じない。伝わっても、聞き流したのかもしれなかった。

どちらかは不明だが、それ以上は、言うつもりはなかった。

それから凜之助は養生所の稲吉を訪ねた。稲吉はまだ、養生所で暮らしていた。

「父の敵討ちができたぞ」

顚末を伝えた。

「ありがとうございます」

あらましは聞いているはずだが、凜之助から説明を聞いて得心がいったらしかった。

涙を流した。付き添った三雪も、安堵の表情をした。

そして稲吉は、いよいよ養生所を出なくてはならなくなった。

「腹は決まったそうです」

三雪は、稲吉に言うように促した。二人の間では、話がついているらしかった。

「おいらは、三念寺で小坊主になります」

「そうか」

少し驚いた。

「ちゃんは、おいらを医者にかけようとして質屋へ行って刺されました」

「そなたを可愛がっていたからであろうな」

「おいらは三念寺に入って、ちゃんの菩提を弔いたいと思います。そして偉い坊様になります」

きっぱりと言った。六歳でも、難しい言葉を知っていた。誰かから聞いたのに違いない。僧侶の修行も厳しかろうが、それは何をしても同じだろう。

「考えた末のことならば、それでいいではないか。人に慕われる坊様になれ」

「はい」

ここで初めて、口元に笑みを浮かべた。凜之助と三雪も、目を見合わせて微笑み合った。

六

翌日凜之助は、質屋三河屋を訪ね、清七とお麓に、事件が解決したことを伝えた。

二人からは、解決のための手掛かりを貰った。

礼の気持ちは、伝えなくてはと思った。

「朝比奈様のご尽力でございますね」

清七が言い、お麓が頷いた。

「いやいや、ご助力いただける方々があったからこそです」

凜之助が返した。三雪や松之助の存在は大きかった。もちろん清七の助言やお麓の働きもなければ、解決には至らなかった。

煙管と煙草と魚油のにおいで、茂次を炙り出してきたのには驚いた。

「私も、少しはお役に立てましたか」

「もちろんでござる」

お麓は、満面の笑みを浮かべた。素直に自分の気持ちを面に出す。

どうしてそこまでしたのか、訊こうとして言葉を呑んだ。お麓との祝言は、文ゑが望んでいる。そういう話があるから動いたのかもしれないが、ただの気まぐれかもしれない。

その胸の内を、祝言を挙げる気がない自分が今知っても、仕方がないと感じた。

朝比奈家では、何も変わらない。由喜江がよこした塩引き鮭が、毎朝膳に載るようになっただけだ。朋が凜之助に言った。

「三雪どのは心優しい、しっかりした娘であったでしょう」

養生所が、事件の解決に大きな役割を果たした。凜之助も、三雪の人柄に触れた。それは書の稽古に来ているときの様子を見ているだけでは、想像もつかないものだった。

「それは確かに」

都合よく話を合わせたのではない。凜之助の本音だった。

三雪が事件解決の功労者だったと知って、朋の不機嫌な様子はすっかりなくなった。ほっとしたが、それだけでは済まない。

「ならば、考えねばならぬ」

当然のような表情だ。返答次第では、縁談《はなし》を進めてしまいそうだ。

「いや、それは」

煮え切らない返事になった。祝言を挙げるつもりはないが、三雪をどうでもいい者とは見なくなったからかもしれない。

「そなたも父ごに似て、煮え切らぬ者じゃな」

ため息をつかれた。松之助は煮え切らない者ではないが、屋敷内ではそう見える。今日も縁側で、鳥籠作りに精を出していた。

そして文ゑも、凜之助に話を勧めてきた。

「どうです。お麓さんは、愛らしいだけでなく、機転の利く娘です。朝比奈家には、ああいう明るい娘こそがふさわしい」

「そうかもしれない」

とも思う。お麓にはためらわず事をなす力がある。

「清七どのも、あなたを気に入った様子です。それとなく話をいたしましたら、まんざらではないお顔をなされた」

「さようで」

商人としての清七の仕事ぶりは分からないが、話をする限りでは気持ちのよい人物だ。しかしいずれにしろ、縁談はまだ先のことだ。

朋と文ゑの折り合いがつかなければ、朝比奈家では何も進まない。凜之助の気持ちだけでは、どうにもならない気がした。

男は、いてもいないようなものだ。

「ごめんくださいまし」

屋敷に、町廻り区域内の春米屋が糯米を運んできた。毎年のことで、ありがたく頂戴している。

「まあまあ、ご苦労さま」

朋が愛想よく受け取っていた。いよいよ正月が近づいてきた。

餅搗きだけは、男の役目だ。松之助と凜之助が、杵《きね》を振るう。

この作品は「文春文庫」のために書き下ろされたものです。
DTP制作　エヴリ・シンク

文春文庫

朝比奈《あさひな》凜之助《りんのすけ》捕物暦《とりものごよみ》

定価はカバーに
表示してあります

2022年11月10日　第1刷

著　者　千野隆司《ちのたかし》
発行者　大沼貴之
発行所　株式会社　文藝春秋

東京都千代田区紀尾井町 3-23　〒102-8008
TEL 03・3265・1211㈹
文藝春秋ホームページ　http://www.bunshun.co.jp

落丁、乱丁本は、お手数ですが小社製作部宛お送り下さい。送料小社負担でお取替致します。

印刷製本・凸版印刷

Printed in Japan
ISBN978-4-16-791957-3